JN212832

御用！「半七捕物帳」

浅子逸男

鼎書房

御用！「半七捕物帳」　目次

序

「半七捕物帳」は大正六年一月から連載がはじまった。西暦で言えば、一九一七年のこと、明治維新から五十年目である。この年、戊辰戦争五十年の慰霊が行われた。明治三（一八七〇）年の恩赦令、明治七（一八七四）年幕軍戦死者の祭祀許可、明治二十二（一八八九）年の大赦令などを経たのちのことであった。「幕軍戦死者」とは「賊軍」の烙印をおされた人たちである。「半七捕物帳」の作者岡本綺堂の父敬之助は幕臣で、戊辰戦争で生き残った賊軍のひとりであった。薩長藩閥政府によって主導された明治という時代は、それらの人々を排除し、大赦などを経て、臣民として取りこんでいくことで基盤を築いてきた。そして五十年目には奠都五十年記念行事として奉祝博覧会を開催する。

そうした近代化を謳歌するなかで、綺堂は江戸の市井に生きる町人の眼をとおして江戸の町、江戸の人々を描いていった。大正六年から九年まで、二年をおいて大正十一年から十五年まで、そのあと昭和七年に「白蝶怪」を連載したのち九年から十二年まで、二十年にわたって書き継いでいく。ちょうど明治維新五十年から七十年の間にあたっていた。その間に関東大震災をはさむことになる。そのため「半七捕物帳」の底流には変化が見られることになる。

「半七捕物帳」に描かれた江戸の町やできごとについては江戸期の随筆によっているが、なかでも『増訂武江年表』を手元に置いていたことは間違いない[1]。本書でもしばしば『武江年表』から引用紹介するが、平凡社の東洋文庫版につけられた金子光晴による解説は、綺堂が書いたと言っても通用しそうなほどである。金子はこのように記す。

自然の整理はきびしいものである。私の弱冠のころは、働きざかりとよばれる年配の人たちの多くは文久・元治などの生れ、功成り、名遂げた人は、安政・天保の生れが普通であったが、今日、身辺を見廻して、元治・慶応はおろか、明治の初年の人たちすら、百歳か、それに近く、この地上から悉く、姿を消したといっていい。いまでは、明治すらが昔語りなのだ。明治は、旧幕時代の制度のみならず、気質・風俗からも脱皮しようとして抵抗した時代で、江戸を蔑(ないがしろ)にすることが進歩人というような青年の気風があり、ことごとに新旧が対立した時代であった。そして、私たちは、蠟燭のあかりがくらいように江戸はくらく、江戸の文化は半開で、とるにも足らないもののように教えられた。(略)

しかし、江戸に抵抗を感じていた明治から大正へかけては、好まないにしても、まだ断ち切れない江戸とのつながりがあった。のこっている江戸人が生活していたというだけではなく、そののこっている江戸人のあいだで、江戸を引きついで生きてゆくよりほかない職業や、家筋があった。遊芸人や、老舗や、職人たち、一部の市井人や、文墨の徒なども、そのなかに入れることができる。世相の急変についてゆけない旧文化は、進展するには実生活の基盤がなく、旧態のままで、ますますかけはなれてゆくばかりなのは、自然の趨勢と言うよりほかはあるまい。(略)

先にも言ったように、明治末大正頃まで生きて、江戸を知っている人も、まず、天保まで遡ることがむずかしい。たとえ、文政年間に生れても、襁褓（むつき）では、化政の爛熟の江戸のことは、親おじどもの昔語りできくのがせいぜいで、その人たちが成人するころは、すでに、物情騒然とした崩壊前夜の江戸であった。

（『増訂武江年表1』昭和43・6、平成6・5初版第19刷による）

この一文は「半七捕物帳」を読むとき、思い当たることが多いのではないだろうか。「私の弱冠のころは、働きざかりとよばれる年配の人たちの多くは文久・元治などの生れ」だったという金子光晴は明治二十八年生まれで、この解説の末尾には昭和四十三年四月十二日という日付が記されている。「半七捕物帳」は金子光晴が挙げている文久・元治・慶応年間を背景にしているのだ。つまり「物情騒然とした崩壊前夜の江戸」が舞台となっている。

江戸の秋　異人斬られし　噂かな

綺堂の句である。「半七捕物帳」のなかの「異人の首」は攘夷を騙る浪人が商家に押し入る話だが、まさに噂としての異人斬りであり、物情騒然とした幕末の江戸を象徴する句である。

『三浦老人昔話』（大正14・5、春陽堂）に「権十郎の芝居」（大正13・7）という一篇がある。「権十郎の芝居」では触れていないが、権十郎の養父河原崎権之助は強盗によって斬殺されている。(3)このとき権十郎は隠れて助かったけれども、殺された養父の呻き声がのちのちまで耳に残っていたという。この権十郎こそのちの九代目市川團十郎である。かくも激動する時代の江戸であった。

二十歳以上年齢差がある金子と綺堂の幕末についての見方はきわめてよく似ている。また金子が言う「江戸に抵抗を感じていた明治から大正へかけては、好まないにしても、まだ断ち切れない江戸とのつながり」を持つ人たちとの交流も同じようにあった。幼い綺堂のまわりには江戸の空気を呼吸していた人々が暮らしていた。生活習慣にしても一朝一夕にして近代化したわけではない。徐々に近代化したとしても、馴染むことが難しかった人々もいたはずである。

「半七捕物帳」は懐旧の念を呼びおこすための本ではない。江戸を舞台にした捕物話を楽しむのに適した本である。推理小説の要素もあり、若干の怪奇趣味もある。純粋推理としては物足りないと感じられるかもしれない。しかし大正六年から発表された作品である。なんといっても江戸川乱歩の「二銭銅貨」（大正12・4）の六年前である。捕物帳なる作品群も存在していなかった。あとから捕物帳の定義をつくって、「半七捕物帳」にあてはめたところで意味はない。江戸時代に「捕物帳」なるものがあったかどうか詳らかでない。綺堂は第二話の「石燈籠」（大正6・2）で半七の口を借りて説明する。

捕物帳といふのは与力や同心が岡ツ引等の報告を聞いて、更にこれを町奉行所に報告すると、御用部屋に当座帳のやうなものがあつて、書役が取あへずこれに書き留めて置くんです。その帳面を捕物帳と云つてゐました。（初出）

それが「三河萬歳」（大正8・1）では養父の吉五郎が「昔からのめづらしい捕物の話などをよく調べてゐて」「一々丹念に箇条書きにして」（初出）いたという。この箇所は新作社版に収められたとき、「三河萬歳」から削除され、「熊の死骸」に書き加えられたが、光文社文庫では読めなくなっている。さて、その肝心の「横綴の帳面」は慶応二年の乗物町からでた火事のため焼失したそうである（第三章の「半七聞書帳」で触れる）。

捕物帳というものがあったのかどうかということは、このあたりで不分明になってしまうのである。「石燈籠」に記されていることは、『御仕置例類集』などが該当すると思われるが、吉五郎の帳面のようなものは確認できるのかどうか、なにしろ火事で焼けてしまったのであるから。

木村毅[4]はこう断言したことがあった。

……たとえば有名な「半七捕物帳」をとってみても、それまで捕物帳という読み物も、独立した文学も日本にない。コナンドイルの The Case-book of Sherlock Holmes から暗示をうけて案出されたこと疑いを入れぬ。シャロック・ホームズが半七に、ケース・ブックが捕物帳となったのである。

シャーロック・ホームズ作品の影響も第三章で簡単に触れているが、ケース・ブックが捕物帳というひとつの形式になった[5]という木村毅の発言はきわめて興味深い。ところが、縄田一男の『捕物帳の系譜』（平成7・4、新潮社）に、木村は「ケース・ブックにある「シャスカムの旧場所」は一九二七年（昭和2）の作で」あることに気づき、「半七捕物帳」のほうが先行していたと記されている。たしかに『シャーロック・ホームズの事件簿』のほうが「半七捕物帳」よりあとなのだが、ホームズ物の初期にケース・ブックという言葉が使われていないかどうか気になる魅力的な説である。また三田村鳶魚による捕物帳についての考察や都筑道夫による論議などをも点検していかなければならないと思う。

注

（1）『岡本綺堂日記』（昭和62・12初版、平成1・9再版、青蛙房）には、大正十三年十月十二日の項に、「こゝで「武江年表」を見つけたので、少し高いと思つたが四円で買ふ。震災以後、この書がないのでひどく不便を感じてゐたのであつた」という記述がある。「半七捕物帳」のためとは書いていないが、つねに手元に置いていたことは間違いない。

（2）本書では、『増訂武江年表』の引用は、平凡社東洋文庫版『増訂武江年表2』（昭和43・7、平成6・5初版20刷）による。以下、『武江年表』と略記する。

（3）『歌舞伎年表 第七巻』（昭和37・3、岩波書店）、明治元年に「九月廿三日夜、河原崎権之助横死。夜八ツ時ころ、今戸の宅へ強盗十人計抜刀にて押入り、（略）酔狂の一人、権之助に切付、夜明けて死亡す」という記述がある。

（4）木村毅「解題」（『世界怪談名作集 上』昭和62・8、河出文庫）

（5）木村は「ひとつの形式になった」とは言っていない。「ケース・ブックが捕物帳と」なったと言っているだけなのだが、捕物帳の条件であるとかジャンル論などがあるため、ここでは形式という言葉を使った。

第一章　「半七捕物帳」への招待

綺堂紹介状

岡本綺堂は自分の出自について言葉少なに語ったことがある。「わたしは一家一門が敗残の歴史を余り多く語りたくない。約(つづ)めて云へば、わたしの一門の大部分は維新の革命の際に、佐幕党として所々に戦つて破れたのである」（『舞台』[1]昭和14・5）と。この一文を受けて岡本経一は、「自ら多く語りたくないと云つてゐる位であるから、その家系に就て無用の詮索はしたくない。また事実聞いてゐないので、詳しいことは判らない」（『綺堂年代記』平成18・7、青蛙房）と述べているが、おおまかに次のようなことを記している。綺堂の祖父は奥州二本松藩士であった。父敬之助は天保五年生まれ[2]、三男であったため岡本家の養子となった。出生の二本松藩は譜代大名で、奥州各藩は佐幕派、そのうえ養家は徳川家の御家人である。明治元年四月、江戸を開城し恭順の意を表することなど受け入れられない敬之助は江戸を脱走し、宇都宮、白河口と戦った結果、賊軍という汚名を着せられることになる。

上野のいくさで戦ったかどうか『綺堂年代記』からはうかがいえないが、「親父も詰まらない意地を張つたものだ」と苦笑していたと残されている。恩赦令により賊名を赦されたのは明治三年一月のことであった。綺堂が生まれたのは二年後の明治五年十月十五日である。

二本松藩の藩士を父親とする敬之助にとって、江戸から宇都宮に向かい、白河口へと戦ったのは「詰まらない意地」などというものではあるまい。二本松城は七月に炎上陥落しており、敬之助は白河口のいくさで弾丸に左の股を傷つけられ動けなくなってしまったそうである。綺堂の苦笑は語るに語れなかったものとしか考えられない。だからこそ経一氏も、綺堂が「その立場にあつたら恐らく易々と帰順して侵入者を喜び迎へることをしなかつたであらう」と続けている。

四月の時点で「江戸を脱走し」と記されているが、「脱走」という言葉にも注釈が必要であろうか。小説であるが、綺堂の「穴」[3]に、

……聞くところによれば、主人は維新の際に脱走して越後へ行った。官軍が江戸へはいった時におとなしく帰順した者は、その家屋敷もすべて無事であったが、脱走して官軍に抵抗した者は当然その家屋敷をすてて行かなければならない。

という一節がある。脱走するとはこういうことである。つまり「江戸を脱走」するというだけで、自らの退路を断って官軍に抵抗する意思を表明したことになった。綺堂はそうした父に育てられたので

ある。

狂言作者の道に進んだことについて、綺堂は「過ぎにし物語――十」[4]（『新演芸』大正10・6）で次のように記している。

父は最初（はじめ）にわたしを医師にしようといふ考へであつたさうであるが、友人の医師の忠告で思ひ止まつて、更にわたしを画家にしようと考へたが、何分にも私に絵心がないので、それも先づ止めてしまつて、たゞ何が無しに学校へ通はせて置いたのである。而も父はその当時の多数の親達が考へてゐたやうに、我子を「官員さん」にする気はなかつた。それは維新の当時、所謂賊軍の名を負つて宗家末家の一門殆ど滅亡した関係から、父は薩長の新政府に対して強い反感を懐いてゐた為であるらしかつた。（傍線部・引用者）

「過ぎにし物語」は昭和四年から雑誌『歌舞伎』[5]に再連載されたが、傍線部は若干おだやかな表現に書き改められたので初出のままを引用した。「宗家末家の一門殆ど滅亡した関係から、父は薩長の新政府に対して強い反感を懐いてゐた為であるらしかつた」といった言い回しは、「時は恰も藩閥政府の全盛時代で、いはゆる賊軍の名を負つて滅亡した佐幕派の子弟は、たとひ官途をこゝろざしても容易に立身の見込みが無いからである」（昭和5・4）と修正され、ほぼそのまま単行本『明治劇談ランプの下にて』（昭和10・3、岡倉書房）に収められた。自分の一族一門が滅亡したという言葉が「賊軍の名を負つて滅亡した佐幕派の子弟」と他の佐幕派の人々と一緒になって普遍化されている。それでも御家人の息子が明治の世の中で生きていくのがいかに難しかったか。何と言っても祖父は二本松藩の藩士で、父は幕臣であった。その父は江戸を脱走し、宇都宮から白河口へと戦ったのだから。薩長藩閥政府のもと、官途は閉ざされ文筆の道を選んだことは明瞭に見てとれる。

が、また、芝居の道に入るきっかけとして、御家人だった父がなかなかの通人だったことも大きかった。なにしろ、維新の前には、「御家人といふものは大身の旗本なぞとは違つて、町人と同じく気楽に自由に出歩いて、何でも出来たものであるといふ。芝居見物にも行けば吉原の大門も潜る、稽古所ばいりもするといふ風で、敬之助もいはゆる通人の仲間入りをしたらしい」(『綺堂年代記』)ということで、『三浦老人昔話』の「権十郎の芝居」を地で行っていた。

綺堂の話を口述筆記した「西郷山房夜話㈢」(『舞台』昭和14・9)に、筆記した大村嘉代子により、

芝居に行く時の侍のなりの一例として先生の父上が万延元年四月、市村座に行かれた時の服装をかいて見ると、黄八丈の着物に萌黄献上の博多の帯、紺足袋、雪駄、羽織をきて行かれた。その時の狂言は天下茶屋で小團次の元右衛門が父上の服装と同じなりであつたといふ。

という注が付されている。なるほど、御家人が芝居に行くことや、そういうときの装いにも詳しいはずだと頷けるのである。

維新後を賊軍の一人として生き延びた敬之助あらため純は、綺堂が子供の頃には、守田勘弥と会ったり、九代目市川團十郎や五代目尾上菊五郎の楽屋を訪ねたりしている。

父に連れられていった新富座の楽屋で菊五郎から親しく声をかけられている。そこで「なつかしい人」という、また会ってみたい人という。このような思いは、のちに芝居の正本を読むようにすすめてくれた湯屋の番台の金さん、あるいは剛坂金蔵や西田菫坡、條野採菊にも感じることになる。番台の金さんは旗本の息子で、綺堂がよく通った久保田という湯屋に厄介になっていた人であった。「この時代には斯ういふたぐひの人が多かつた」と昭和四年に書き加えている。

ではその「なつかしい人」について、遺稿の年譜(6)から紹介していきたい。

明治二十三年、綺堂十九歳、一月廿日に東京日日新聞社の関直彦を訪い、入社依頼をしたところ翌日から見習記者として編輯のかたわら校正を手伝うこととなり、六月から編輯に従事し、劇評の筆を執るようになった。筆名は狂綺堂、あるいは狂綺堂主人である。このときに社中の先輩である塚原澁柿園や西田菫坡から教えを受ける。翌る二十四年、榎本虎彦の紹介により福地櫻癡の自宅を訪問する。明治二十六年十月、東京日日新聞社を辞し中央新聞社に入社、社会部主任のかたわら劇評の筆を執る。筆名はかわらず狂綺堂、狂綺堂主人を用いている。翌二十七年十二月、中央新聞社から絵入日報社に移る。社の経営が思わしくなく、翌年五月に退職。二十九年九月、東京新聞社に入社。自由党の機関新聞でたびたび発行停止の憂き目に遭ったという。三十一年、東京新聞の社長が退いたため、社員全員解散した。三十三年十月、やまと新聞社に入る。東京日日新聞時代に多くの教えを受けていた條野採菊翁からさらなる教えを受けることになる。採菊は、新聞人にして劇評家、山々亭有人という名の戯作者でもある。新聞錦絵で月岡芳年と組んだこともあった。昭和十一年発行の『明治世相百話』（昭和11・4、第一書房）で山本笑月は次のように記している。

> 幕末以来魯文と共に中本作家と知られた山々亭有人の條野採菊翁、明治初期の小説家であり、『やまと新聞』社長であつて、且つ劇通の大先達、さうたう羽振を利かしたものだ。それが今では鏑木清方画伯の厳父と一々断らねば通ぜぬほど時代は遷る。
> （略）五代目菊五郎が贔屓で大の仲よし、そのほか劇壇や芸界で翁の息のかかつた連中は尠なくない。圓朝や九女八などは就中その筆頭で、常に翁を相談相手。

といわれるほどの人物であった。こう引用した『明治世相百話』の山本笑月も長谷川如是閑の兄と断らなければならないばかりか、長谷川如是閑にも注を必要とする時代になってしまった。

　この採菊の近くにいたということで綺堂は大きく眼をひらかれるが、やまと新聞に籍を置いていた西田菫坡からも芝居について多くを教わっている。菫坡について綺堂はこのように記している。

> それにしても、この人はどうして斯んなに劇のことを能く知つてゐるのであらうと、私は実に驚嘆した。最近の明治時代の事どもは勿論であるが、遠い江戸時代に遡つて殆ど何でも知らない

> ことは無いと云つて可い位であつた。狂言の事、俳優の事、それを極めて明細に年月日までを一々挙げて説明されるには、わたしも呆れて唯ぼんやりしてゐる位で、その博識に驚くと共に其記憶力の絶倫なるに私は胆を挫(ひし)がれてしまつた。かう云ふ始末で、初めは唯ぼんやりと口を明いてゐた私も、その後たび〳〵其別室へ呼ばれてだん〳〵その話を聴かされるに連れて、眼の先が少しは明るくなつたやうにも感じられた。
>
> （「過ぎにし物語――十七」『新演芸』大正11・1）

　このようにして明治以前の芝居の世界のことも教わったが、義太夫の丸本も二百種ほどを菫坡翁から借りて読んだそうである。菫坡翁のことは採菊以上に伝わっていないようだが、『漫談明治初年』のなかで次のような文章を見ることができた。

> そののち福地さん（福地櫻癡のこと――注・引用者）が日報社に入つた時、広岡さんや、千葉勝の弟で小さんの旦那の西田菫波(ママ)さんなどが日報社に入りました。千葉勝は歌舞伎座の金主で芝居道の方では勢力のある人ですから、そんな関係で福地さんも芝居道に入つたらしうござんした。
>
> （水戸屋隠居、同好史談会『漫談明治初年』昭和2・1、春陽堂）

　歌舞伎座の金主千葉勝五郎の弟であれば芝居に詳しいのは当然だが、綺堂はまだ十九歳のころである。綺堂がのちに引き合わされる福地櫻癡を芝居の世界に引き入れたというのだから、「この人はどうして斯んなに劇のことを能く知つてゐるのであらう」と驚嘆するのも無理のない話である。「小さんの旦那」というのは、旦那というのだから咄家の柳家小さんではなく杵屋の芸者小さんであろう。

またその福地家の江戸以来の家来だった剛坂金蔵についても書き残している。剛坂金蔵も江戸の空気を身にまとった老人であった。

> およそ福地家に出入りする者で金蔵老爺(ぢいや)の名を識らない者に無(ママ)いくらゐに彼は有名であつた。江戸以来の家来で、苗字は剛坂とか云つたやうに記憶してゐる。剛坂金蔵、名前からして何だか物々しく聞えるが、忠実で善良で非常にやかましい老人で、少しでも気に食はないことがあると、誰彼の容赦無しに睨み付ける、叱り付ける、時によると、主人でも叱り付けるといふ勢ひであるから、この金蔵老爺(ぢいや)に睥睨されると、大抵のものは縮み上つてしまふのである。それは榎本君から予て云ひ聞かされてゐるので、わたしは戦々兢々として老爺(ぢいや)の眼色をうかゞつてゐたが、それでも時々に叱られた。併し一面には非常に親切で、若い者にもよく気をつけてくれるので、私達に取つては怖いやうな懐しいやうな老爺(ぢいや)であつた。
>
> （「過ぎにし物語――十七」）

このように「怖いやうな懐しいやうな」老人が回想されるのである。この「老爺」も初出の表記で、「ぢいや」というルビが振ってあったのが、『ランプの下にて』では「老人」と直されている。

こういった人たちに親しみ教わり、芝居の世界に入っていくが、簡単に進めたわけではない。当時は狂言を書くのは座付作者に限られていると言ってよいほどで、局外者の書くものは上演されることはほとんどなかった。そういったなかで座付き作者の嫌がらせにも遭いながら研鑽を続けていったのである。

座付き作者の嫌がらせ

芝居の道に入った者だけが狂言を書くという時代、綺堂は初めての芝居で嫌がらせを受けることになる。岡鬼太郎と合作で書いた「金鯱噂高浪」のときである。

　やがて座附きの狂言作者の竹柴なにがしが二階から降りて来た。この人は明治の末年に死んだが、楽屋内でも意地の悪いといふ噂のあることを私たちも薄々知つてゐた。（略）わたし達のやうな局外者のかいた脚本を上演するに対して、かれ等の一派が著るしい反感を懐いてゐるらしい事は、その態度と語気とであり〳〵と窺はれた。かれは一面には非常に叮嚀な、一面には又皮肉なやうな口吻で、彼の脚本をわたし達の前にならべて、その四五ヶ所に就てこゝはこれで宜しいのでせうかと云ふ質問を発した。かれの意は、これで芝居になるかと云ふにあることは私達にもよく察しられたが、わたし達は素知らぬ顔をして、それで宜しいと皆な答へた。すると、かれは最後にかういふことを云ひ出した。この脚本の第三幕を全部かき直してくれと云ふのである。

第三幕は岡君の受持で、金助が爪に乗つて鯱の鱗をぬすむ件である。なまじひに写実にかいては面白くないといふので、一種の浄瑠璃物のやうな形式を取つて、この一幕は常磐津を用ゐてゐる。然るに今度の興行には常磐津を使はないことにしたから、これを長唄に書き直してくれと云ふのである。かれは念を押して、どうぞ長唄で歌へるやうに全部書きかへてくださいと皮肉らしく云つた。かれの意は、おまへ達に常磐津と長唄とが書き分けられるかと云ふにあることも、私達に察しられた。しかも彼は大急ぎですから直ぐにこゝで書いて下さいと云つた。

（『明治劇談ランプの下にて』昭和10・3、岡倉書房）[7]

あまりの難癖に岡鬼太郎は脚本を撤回しようとまで言ったけれども、これだから素人は困るなどという口実を座付き作者たちに与えてしまうことになり、局外者の脚本を上演することが難しくなると気を取りなおし、意地になって書きあげたところ、

それが出来あがつて、ふたりが最初から読み直してゐるところへ、彼の竹柴なにがしが再びあらはれて、どうでせう、もうお出来になりましたかと催促した。そこで、その原稿を渡してやると、かれは一応よみ、更に再び読みかへしてゐた。また何か云ひ出すかと、わたし達はその顔を睨んでゐると、かれは別になんにも云はず、唯一句、ありがたうございましたと云つた。それから彼は番附のカタリを書いてくれと云ひ出した。我々は商売人でないから、さういふものは出来

ないと断ると、彼はまた皮肉らしく斯ういふことを云つた。番附のカタリを書くのは立作者の役目である、現に默阿彌も書いた。已に一部の狂言をかく以上、カタリを書く程の心得もあるべき筈であるから、是非あなた方におねがひ申すと云ふのである。かうなると、又一種の意地が出て、矢でも鉄砲でもなんでも持つて来いといふ料簡になつて、又もや直ぐに書いて渡した。（同前）

と、さらに難儀な要求を出されたのである。ここにたびたび言われるように、福地櫻癡を例外的存在として、当時は芝居者以外の人間が狂言を書くことは、考えられないことであった。そこにたまたま綺堂は新作を必要とする機会を得たのである。だが素人と見なされていたので、條野採菊（山々亭有人）、岡鬼太郎の三人による合作ということで話がすすめられた。のちの人から見たら、採菊、鬼太郎、綺堂が顔を合わせたというだけで夢のような競演に思われるが、演劇の世界では採菊は劇評家としては通っていたが、けっして劇作家として認められているわけではなく、鬼太郎・綺堂ともにここが出発点になる時期のことであった。

「半七捕物帳」の構成

「半七捕物帳」を書きはじめた頃のことについて、岡本綺堂は次のように回想している。

初めて「半七捕物帳」を書かうと思ひ付いたのは、大正五年の四月頃とおぼえてゐます。（略）その年の六月三日から、先づ「お文の魂」四十三枚をかき、それから「石燈籠」四十枚をかき、更に「勘平の死」四十一枚を書くと八月から国民新聞の連載小説を引受けなければならない事になりました。

（「半七捕物帳の思ひ出」『文藝倶楽部』昭和2・8）

そのころ、『文藝倶楽部』の森曉紅から連載物の依頼があったので、「半七捕物帳」として渡したそうである。

それが大正六年の新年号から掲載され始めたので、引きつゞいてその一月から「湯屋の二階」「お化師匠」「半鐘の怪」「奥女中」を書きつゞけました。雑誌の上では新年号から七月号にわたつて連載されたのです。

（同前）

これが七月には平和出版社から単行本『半七捕物帳』として刊行された。いちばんはじめの「半七捕物帳」である。さらに続篇を森曉紅から注文されたので、翌七年に「半七捕物帳後篇」として「帯取の池」「春の雪解」「朝顔屋敷」「お照の父」「猫婆」「筆屋の娘」の六篇を連載することになった。この後篇連載中『探偵雑誌』に「山祝ひ」、『娯楽世界』に「河獺」、『新小説』に「踊の浚ひ」が掲載されているが、これらの作品は単行本にはならず、大正十二年に始まる五冊本の新作社版『半七捕物帳』をもって収録された。ここで注意しておきたいのは、「半七捕物帳」あるいは「半七捕物帳後篇」と副題がつけられた作品以外でも、半七が活躍している場合もあれば、事件に関わり合う岡っ引が半七ではない話も発表されていることである。たとえば「踊の浚ひ」では「こゝらを縄張りにしてゐる和泉屋銀太郎といふ男が手がけた」のだという。この一言は「半七捕物帳」の副題を持つ作品にかけられた制約をあきらかにしている。大正六、七年に発表された「半七捕物帳」は、天保五年頃に生まれた半七が自分の縄張りで活躍しているという設定である。

だがこの枠内では制約が強すぎたためか、「半七捕物帳」後篇のあと大正八年から「半七聞書帳」の連載がはじまる。半七は事件に関わらず、他の岡っ引が活躍するというかたちである。第一話は「三河萬歳」で「槍突き」「人形使ひ」と続き、「半七聞書帳」後篇は翌九年から「張子の虎」「甘酒売」「小女郎狐」「旅絵師」「熊の死骸」「松茸」の六話が書かれる。それぞれ縄張りによって半七の立ちあえない場所か、天保生まれの半七には出会うはずがない時代を事件の背景にしている。たとえば「張子の虎」は品川遊廓であり、「熊の死骸」は高輪を舞台にしている。

単行本の『半七聞書帳』は大正十年六月に九編を収めて隆文館から刊行された。この『半七捕物帳』と『半七聞書帳』の二冊の単行本は誤植の訂正程度で大きな異同はなく、ほぼ初出どおりである。

新作社版の五冊本は、大正十四年に発表された「蝶合戦」（大正14・4）までの捕物話を収めて刊行された。このとき『文藝倶楽部』以外の雑誌新聞に掲載された作品、あるいは「半七聞書帳」のように半七以外の岡っ引が活躍する作品も可能な限り半七物として書きかえられた。ここには初出未見の「廣重と河獺」「雪達摩（ママ）」「半七先生」「雷獣と蛇」「狐と僧」も収められているので、「蝶合戦」までの「半七捕物帳」がすべて読めるかたちにした最初の刊本である。

そののちの昭和四年一月に刊行された春陽堂版の『半七捕物帳（上・下）』は新作社版に「むらさき鯉」（大正14・8）が加えられただけだが、半七の年齢が引き上げられ、わたしと出会った年代も十年ほどさかのぼった本文に書きかえられた。春陽堂版の「お文の魂」に登場する半七は、元治元年で四十二、三に変更され、わたしと出会った時期は日清戦争が終わりを告げた頃に変えられる。初出発表の半七の設定で読んでいくと「新カチカチ山」や「青山の仇討」で矛盾が起こるのはそのためである。初出誌、新作社版、春陽堂版と、大きく見て三とおりの本文が存在する。

光文社文庫等、現在流布している「半七捕物帳」の本文で、「お文の魂」から「三つの声」（大正15・1）までは、春陽堂版と後述する改造社版が基になっている。

その後、「白蝶怪」（昭和7・2・28〜7・6・5）一篇を執筆したあと、昭和九年から『講談倶楽部』に二十二篇、『キング』に一篇、「半七捕物帳」として発表した。

以下に「半七捕物帳」の各作品の初出時の題名と初出誌、発表年月とを発表順に並べる。

初出時の題名	初出誌	発表年月
お文の魂　（半七捕物帳巻の一）	文藝倶楽部　23巻1号	大正六年一月
石燈籠　（半七捕物帳巻の二）	文藝倶楽部　23巻3号	大正六年二月
勘平の死　（半七捕物帳巻の三）	文藝倶楽部　23巻4号	大正六年三月
湯屋の二階　（半七捕物帳巻の四）	文藝倶楽部　23巻5号	大正六年四月
お化師匠　（半七捕物帳巻の五）	文藝倶楽部　23巻7号	大正六年五月
半鐘の音　（半七捕物帳巻の六）	文藝倶楽部　23巻8号	大正六年六月
奥女中　（半七捕物帳巻の七）	文藝倶楽部　23巻9号	大正六年七月
帯取の池　（半七捕物帳後編巻の一）	文藝倶楽部　24巻1号	大正七年一月
春の雪解　（半七捕物帳後篇巻の二）	文藝倶楽部　24巻3号	大正七年二月
朝顔屋敷　（半七捕物帳後篇巻の三）	文藝倶楽部　24巻4号	大正七年三月
山祝ひ	探偵雑誌　3巻4号（春期特別号）	大正七年三月
お照の父　（半七捕物帳後篇巻の四）	文藝倶楽部　24巻5号	大正七年四月
猫婆　（半七捕物帳後編巻の五）	文藝倶楽部　24巻7号	大正七年五月
筆屋の娘　（半七捕物帳後篇巻の六）	文藝倶楽部　24巻8号	大正七年六月
河獺（※初出本文未見）	娯楽世界　6巻9号	大正七年九月
踊の浚ひ	新小説　23巻10号	大正七年十月
三河萬歳　（半七聞書帳巻の一）	文藝倶楽部　25巻1号	大正八年一月

＊は半七もの、あるいは江戸捕物についての随筆。

化銀杏（江戸捕物奇談）	娯楽世界	7巻1号	大正八年一月
槍突き（半七聞書帳巻の二）	文藝倶楽部	25巻3号	大正八年二月
人形使ひ（半七聞書帳巻乃三）	文藝倶楽部	25巻4号	大正八年三月
向島の寮（半七捕物奇談）	娯楽世界	7巻3号	大正八年三月
廣重の絵（「広重と河獺」の前半）	婦女界	21巻1号	大正九年一月
張子の虎（半七聞書帳後編の壱）	文藝倶楽部	26巻5号	大正九年四月
甘酒売（半七聞書帳後編の二）	文藝倶楽部	26巻7号	大正九年五月
津の國屋（捕物奇談）	娯楽世界	8巻6~8号	大正九年六~八月
小女郎狐（半七聞書帳後篇の三）	文藝倶楽部	26巻8号	大正九年六月
旅絵師（半七聞書帳後篇の四）	文藝倶楽部	26巻9号	大正九年七月
熊の死骸（半七聞書帳後篇の五）	文藝倶楽部	26巻11号	大正九年八月
松茸（半七聞書帳後編の六）	文藝倶楽部	26巻12号	大正九年九月
鷹匠（御存半七捕物帳）	文藝倶楽部	28巻1号	大正十一年一月
蛙の水出し（探偵物語）	サンデー毎日	1巻16号（小説と講談）	大正十一年七月十日
弁天娘（半七捕物）	講談倶楽部	13巻8号	大正十二年六月
雷獣（涼み台夜話江戸物語）	婦人世界	18巻8号	大正十二年八月
鬼娘	講談倶楽部	13巻13号	大正十二年九月
異人の首	週刊朝日	17号（十月増刊）	大正十二年十月十日
女行者（捕物奇談）	面白倶楽部	9巻1号	大正十三年一月

作品	掲載誌	巻号	発表年月
潮干狩	新青年	5巻1、3号	大正十三年一月〜二月
＊江戸文学に現れた探偵物語	新青年	5巻2号（新春増刊号）	大正十三年一月
仮面	新青年	5巻5号	大正十三年四月
冬の金魚	講談倶楽部	14巻5、7号	大正十三年四月〜五月
一つ目小僧（新講談）	サンデー毎日	3巻29号（夏期特別号）	大正十三年七月一日
柳原堤（江戸探偵物語）	旬刊写真報知	3巻1〜5号	大正十四年一月五日〜二月十五日
蝶合戦（江戸探偵物語）	講談倶楽部	15巻4号	大正十四年四月
むらさき鯉（江戸探偵物語）	講談倶楽部	15巻10号	大正十四年八月
三つの声（創作）	新青年	7巻1号	大正十五年一月
＊半七捕物帳の思ひ出	文藝倶楽部	33巻10号	昭和二年八月
白蝶怪	日曜報知	92〜106号	昭和七年二月二十八日〜六月五日
十五夜御用心（半七捕物帳第一篇）	講談倶楽部	24巻8号	昭和九年八月
金の蠟燭（半七捕物帳第二篇）	講談倶楽部	24巻9号	昭和九年九月
ズウフラ怪談（半七捕物帳第三篇）	講談倶楽部	24巻10号	昭和九年十月
大坂屋花鳥（半七捕物帳第四話）	講談倶楽部	24巻11号	昭和九年十一月
正雪の絵馬（半七捕物帳第五話）	講談倶楽部	24巻12号	昭和九年十二月
大森の鶏（半七捕物帳）	講談倶楽部	25巻1号	昭和十年一月
妖狐伝（半七捕物帳第七話）	講談倶楽部	25巻2号	昭和十年二月
新カチカチ山（半七捕物帳第八話）	講談倶楽部	25巻3号	昭和十年三月

作品	掲載誌	巻号	発行
唐人飴（半七捕物帳第九話）	講談倶楽部	25巻4号	昭和十年四月
かむろ蛇（半七捕物帳第十話）	講談倶楽部	25巻5号	昭和十年五月
河豚太鼓（半七捕物帳第十一話）	講談倶楽部	25巻6号	昭和十年六月
幽霊の観世物（半七捕物帳第十二話）	講談倶楽部	25巻7号	昭和十年七月
菊人形（半七捕物帳第十三話）	講談倶楽部	25巻8号	昭和十年八月
蟹のお角（半七捕物帳第十四話）	講談倶楽部	25巻9号	昭和十年九月
青山の仇討（半七捕物帳）	講談倶楽部	25巻10号（臨時増刊）	昭和十年九月
吉良の脇指（半七捕物帳）	講談倶楽部	25巻11号	昭和十年十月
歩兵の髪切り（半七捕物帳第十七話）	講談倶楽部	25巻12号	昭和十年十一月
川越次郎兵衛（半七捕物帳）	講談倶楽部	25巻13号	昭和十年十二月
廻り燈籠（半七捕物帳）	講談倶楽部	26巻2号	昭和十一年二月
＊半七紹介状	サンデー毎日	15巻44号（秋季特別号）	昭和十一年九月十日
地蔵は踊る（半七捕物帳）	講談倶楽部	26巻13号	昭和十一年十一月
夜叉神堂（半七捕物）	キング	12巻13号（臨時増刊）	昭和十一年十一月
薄雲の碁盤（半七捕物帳）	講談倶楽部	27巻1号	昭和十二年一月
二人女房（半七捕物帳）	講談倶楽部	27巻2号	昭和十二年二月

「雪達磨」、「半七先生」、「雷獣と蛇」の「蛇」の部分、「狐と僧」は、初出誌をつきとめられなかった。初出不明である。

大正六年から大正九年までの各作品を見ると、副題として「半七捕物帳」と記されていたり、「半七聞書帳」と銘打たれたりしていた。綺堂は「捕物帳」と「聞書帳」とを書きわけていたが、新作社版では「聞書帳」として書かれた作品も「捕物帳」に組み込まれる。「聞書帳」は半七ではない岡っ引が事件を解決していた。そのことについて綺堂は、新作社版『半七捕物帳 第二輯』（大正12・7）に収録された「雪達摩(ママ)」で次のようなことわりを記している。

第一輯の物語について、かういふ不審をいだく人のあることを屢々聴いた。それは岡つ引の半七が自分の縄張の神田以外にふみ出して働くことである。岡つ引にはめい〳〵の持場がある。それを無暗に踏み越えて、諸方で活躍するのは嘘らしいといふのである。それは確に御もつともの理屈で、岡つ引は原則として自分だけの縄張内を守つてゐるべきである。仲間の義理としても、他の縄張をあらすのは遠慮しなければならない。しかし他の縄張を絶対に荒してはならないといふほどの窮屈な規則も約束もない。今日でも某(ある)区内の犯罪者を他区の警察の手にあげられる場合もある。まして江戸の当時に於て、たがひに功名をあらそふ此種の職業者に対して、絶対にその職務執行範囲を制限するなどは所詮出来ることでない。半七がどこへ出しやばつても、それは嘘でないと思つて貰ひたい。

じっさいにこういう批判が出たのかどうかはわからないが、「半七聞書帳」は半七が立ちあえない年代を背景にするだけではなく、半七の縄張からはずれた場所での事件をも描いている。そのためにこそ書かれた「聞書帳」だと言ってよいだろう。

右の一覧に、新作社版の第何輯に収められたかを書き加えてみると、[8]「半七聞書帳」を「半七捕物帳」に書きなおすのに時間がかかっていることに気づく。事件の年代と岡っ引を半七に変えることでたいへんな苦心をしているのである。もちろん年代を変えるわけにいかない「槍突き」や半七が登場しない「旅絵師」、あるいは寛延年間に下総で起きた「小女郎狐」などは、設定は初出のときから変えていない。「槍突き」とともに後に詳述するが、「熊の死骸」は初出では半七は事件に立ちあえる年齢ではなかったのが、じっさいに起きた事件を背景にしているため、事件の年代を変えず半七の年齢を書きかえることで「捕物帳」に収まることになった。

平和出版社版『半七捕物帳』に収録された各篇は、さしたる書きかえもなく新作社版の一輯二輯に収められている。それに対し、『半七聞書帳』の何篇かは岡っ引を半七に変えたため、事件の年代を変える必要があった。そのため新作社版でも後のほう、つまり四輯五輯に収まっている。これは書きかえに手間取ったためかとも推測されるが、新作社版は当初は五冊まで刊行することを考えていなかったからではないだろうか。

第三輯は関東大震災の前に出版社に原稿を渡しており、震災後に刊行されている。このあたりの事情は第四章の「女行者」の項で詳述するが、『岡本綺堂日記』に見られる書き方では、五輯まで刊行することは出版社と約束していたとは思えないのである。

さて、以下の四篇の発表誌、発表年月がつきとめられず、初出不明のままである。また「河獺」は当該雑誌の目次までは見られたのだが、本文部分が切除されていたため未見とせざるをえなかった。「廣重と河獺」として一話にされているので本文が新作社版で書きかえられたことは疑いようもない。

「雪達磨」　新作社版『半七捕物帳 第二輯』（大正12・7）に収録。
「半七先生」　新作社版『半七捕物帳 第三輯』（大正12・11）に収録。
「雷獣と蛇」「蛇」新作社版『半七捕物帳 第三輯』に収録。
「狐と僧」　新作社版『半七捕物帳 第三輯』に収録。

それぞれ、新作社版の第二輯と第三輯に収録されているので、大正十二年の八月までに発表されていたことは間違いない。第三輯は関東大震災の前に出版社に原稿を渡していたからである。さいわい印刷所が無事であったため、予定よりも遅れたが発行することができた輯である。また綺堂は日記に執筆した作品名や進捗状況について記録していた。震災のため大正十二年七月二十四日以前の日記は焼失してしまっている。初出不明の作品は七月二十五日以降の日記には記載されていない。

半七詮議

木村錦花は岡本綺堂の追悼文のなかで、かつて見舞いに行ったときに綺堂から聞いた話を回想している。

昔私が大病で長く寝て居た時に、枕許にあつた小説本を読まうとしてみたが、病中では活字がハツキリ見えなかつたので、こんどは床の間の上にあつた、齋藤月岑の江戸名所図絵を取り寄せて見ると、此の方は木版で而も大字であつたから、ハツキリ読む事が出来たので、病中それはかりを読み続けて居たが、其の中に不図頭へ浮んだ事は、此の名所図絵が、昔から大抵の家には供へられて居て、それから沢山の小説や戯曲も出たらうし、講談や人情話も生れた訳で、どの位人の為になつて居たか解らない。自分も文筆に携はる以上は、小説も可し脚本も可いが、一生に一つ、斯う云つたやうな、後世人の為になる書物を遺したい、さうしたら明日が日死んでも悔む処がないと、病中そんな考へを起し、或ものを見附けて、それへ魂を打ち込んで見やうと、病気が癒ると直ぐに取掛つてみたが、其の中に小説を頼まれたり、脚本を書かねばならぬ事になつたりして、遂に其の目的を果す事が出来なかつたが、いまだにそれを残念に思つて居ると云ふ話でありました。其の時、纏めやうとした或ものとは、なんであつたか、私は聞き損つてしまつたが、……

(「綺堂先生の親しみ」『舞台』昭和14・5)

と記しているが、残念なことに木村錦花は綺堂が何をまとめようとしていたのか「聞き損なつてしまつた」と言っている。

同じエピソードを紹介する岸井良衞は、人づての話として記し、それが「半七捕物帳」だろうと推測している。

綺堂が曾て、長わづらひで寝てゐた時に、枕許の小説本を読まうとしたが、病中で活字が小さく読みづらい、致し方なしに床の間にあつた和本の「江戸名所図会」を取り出してみると、この方は木版で字も大きいので、病中はそればかりを読み耽つた。もと〳〵「江戸名所図会」のやうな本は、昔は大ていの家には備へてあつて、親しまれ役立つてゐたと云ふことであるが、病中、綺堂はこれを通読して、この江戸の姿を、如何に面白く現代に伝へる方法はないものかと思案し、その答案が後日「半七捕物帳」となつて世に出たと云ふことである。

（岸井良衞「半七と半七捕物帳の誕生」『定本半七捕物帳 第一巻』昭和30・12、早川書房）

岸井良衞が誰から聞いたかはわからないが、綺堂が病気で小説が読めなかったということなので、木村錦花が聞いたときのことだと思われる。

また、鈴木氏亨は、真山青果を見舞ったときに、「半七捕物帳」がいかに正確であるかを青果が語ったこととして記している。そこには捕物帳を書いた動機も含まれているので、当該箇所を削らずに引用する。

私は、岡本先生の「半七捕物帳」の江戸の地理の話をした。あれは正確だと、言下に云はれた。自分はどうして岡本さんが、こんなに正確に調べて居られるかと思つて、松竹の木村錦花君を通じて聞いて見た。と真山さんはいふのである。

岡本さんが「半七捕物帳」を書いた動機は、氏が何かの病気で病院生活をしてゐた時、退屈の余り、「江戸名所図会」を繙いて見た。それを見てゐるうちに、不図この時代の江戸を現代人に伝へる方法がないかと思案した。それが捕物帳といふ形を借りて、江戸を語つたのだ。といふ岡本さんはこの外に「紫の一本」「遊歴雑記」「切絵図」などを入念に見てゐる。捕物帳の中には一年や二年の思念になつたものが少くない。岡本さんは、あの中の一篇で、一ヶ月季節を変へることは、少くとも一二ヶ月の準備期間を要したといつてゐるといふのであつた。

（「岡本先生と真山さん」『舞台』昭和15・12）

と述べている。

このように並べてみると、直接綺堂から聞いたのは木村錦花であり、それが真山青果に伝わった。あるいは真山青果が木村錦花に頼んで聞いてもらったのか。岸井良衞が聞いたのは木村錦花からか真山青果からなのかはわからないが、真山青果は木村錦花から「この時代の江戸を現代人に伝へる方法がないかと思案した。それが捕物帳という形を借りて、江戸を語つたのだ」と聞いたと鈴木氏亨に伝えたわけである。直接聞いた木村錦花は捕物帳になったとは書いていないのだが。

今井金吾は『風俗江戸物語』（昭和61・9、河出文庫）の解説で、木村錦花の話を引き、「あるいはこの『風俗江戸物語』が、その「或るもの」の序論とでもいうべきものだったのではあるまいか」と推測している。『風俗江戸物語』の各章は「半七捕物帳」とほぼ同時期に発表されているので、「半七捕物帳」の考証を支えていることがわかる。岸井は「半七捕物帳」になったのではないかと言い、今井は『風俗江戸物語』になったと推測するのだが、どちらにも肯けるものがある。

河出文庫版の『風俗江戸物語』には、「大正八、九年頃（推定）同誌に連載した」と書かれているが、それより二年ほど遡った時点で発表されている。「半七捕物帳」と重なる時期なので、以下に発表された年月を記す。

「徳川時代に於ける心中後の處分に就いて」（『木太刀』大正六年四月号、第15巻4号）
「同心と岡ッ引」（『木太刀』大正六年五月号、第15巻5号）
「栲問と責問」（『木太刀』大正六年六月号、第15巻6号）
「乞食」（『木太刀』大正六年七月号、第15巻7号）
「両国」（『木太刀』大正六年八月号、第15巻8号）
「江戸の化物」「月見」（『木太刀』大正六年九月号、第15巻9号）
「聖堂と講武所」（『木太刀』大正六年十月号、第15巻10号）
「江戸の芝居」（『木太刀』大正六年十一月号、第15巻11号）

「折助」（『木太刀』大正六年十二月号、第15巻12号）
「江戸の春」（『木太刀』大正七年一月号、第16巻1号）
「時の鐘と太鼓」（『木太刀』大正七年二月号、第16巻2号）
「手習師匠」（『木太刀』大正七年五月号、第16巻5号）
「山王祭」（『木太刀』大正七年六月号、第16巻6号）
「江戸の町人」（『木太刀』大正七年八月号、第16巻8号）
「江戸時代の寄席」（『木太刀』大正七年九月号、第16巻9号）
「江戸時代の旅」（『木太刀』大正七年十一月号、第16巻11号）

このように「半七捕物帳」が開始された大正六年から書かれており、初期の「半七捕物帳」と発表された時期がみごとに重なっている。半七や手下の説明は「同心と岡ッ引」が重なるし、「石燈籠」（大正6・2）にあらわれる見世物小屋の様子は「両国」の章に記されている。

> 東両国、即ち本所方面を向両国と称し、西両国、即ち柳橋側を広小路と云ひ、また垢離場（こりば）とも云つて居ました。（略）
> 西両国の定小屋は、先づ百日芝居（百日打つによつて云ふ）で、俗におでゝこ芝居（髢の名とも云ひ、太鼓の音がオデヽコ〳〵と響くによるとも云ふ）又は垢離場の芝居と云つて、男の芝居

も女芝居もありました。そのほかに軽業、講釈、落語、女義太夫などで、大抵は木戸銭十六文、芝居は中銭を十六文取りました。

東両国の観世物類には、因果物が多かつたさうです。が、此処でなければ見ることの能ないのは例の『やれつけ』[9]と云ふものです。

このように西両国と東両国の見世物小屋の違いを述べている。「石燈籠」にはこの両国が描かれているが、半七が「両国の広小路に向つた」のは「彼是れ午頃で、広小路の劇場や寄席も、向両国の観世物小屋も、これから徐々囃し立てやうと云ふ時刻であつた」。

春風小柳は軽業師一座の舞台に出ていたが、半七はその小屋を出ると向両国へ渡る。小柳は舞台から卑しい媚を売っていると書かれるが、西両国にある見世物小屋でのことであった。このように西両国（広小路）と東両国（向両国）の違いを捕物帳では描きわけ使いわけている。小柳が男と暮らしている住まいは東両国ではあるのだが。

「朝顔屋敷」（大正7・3）のなかの朝顔屋敷は「江戸の化物」に書かれているが、素読吟味のことについては「聖堂と講武所」に、登場する折助や提重のことは「折助」で具体的に解説されている。

「江戸の化物」に、朝顔を忌み嫌う屋敷について、

朝顔屋敷、牛込の中山と云ふ旗下の屋敷ですが、こゝでは絶体に朝顔を忌んで居ました。朝顔

の花は勿論、朝顔の模様、又は朝顔類似のものでも、決して屋敷の中へは入れなかつたと云ふことです。それが為めに庭掃除をする仲間が二人ゐて、夏になると毎日庭の草を抜き捨てるのに忙がしかつたさうですそれに屋敷の中に朝顔の生えるのを恐れるからで、これほどに朝顔を忌む理由と云ふのは、何でも祖先の或人が妾を切つた時に、妾の着て居た着物の模様に朝顔がついて居たさうで、其後、この屋敷の中で朝顔を見ると、火事に逢ふとか、病人が出来るとか、お役御免になるとかで、屹と不祥のことが続いたと云ふことです。

と記している。じっさいに朝顔を忌む旗本の家があったが、牛込であるところを裏四番町に変えているのであろう。半七が神田にいったん帰ってから九段の坂を登り裏四番町の屋敷町に行くということで変更したのであろう。お六と出会った半七が「おい、お六ぢやねえか」と声をかけると、「あら、三河町の親分さんでしたか」と返される。このあたりの仲間部屋に出入りしているお六と顔なじみということも牛込では具合が悪い。半七の縄張り内であれば、仲間の又蔵にしても半七を見知っていて不思議はない。

手拭を脱(と)つた半七の顔を、月の光に透して視て又蔵はおどろいた。

『や、三河町か。』

と言うように、半七は顔を知られている。「朝顔屋敷」は安政三年の事件で、初出から新作社版、春陽堂版と異同はない。半七の生年が変わっているので、初出は現行の本文よりも一回り若い設定である。天保五年頃の生まれとして二十三歳といったあたりか。なかなか顔が売れていたようである。
「江戸の化物」には弁天娘についての記述もある。「弁天娘」（大正12・6）を書くヒントになったと思われる「江戸の化物」の該当箇所を引用すると、

錦袋園の娘、池の端に錦袋園と云ふ有名の薬屋がありました。こゝの娘は弁天様の申し子であつたさうですが、恰ど十八の時に不忍の池に入つて、池の主の大蛇になつたと云ひ伝へられてゐます。其れが明治の初め頃まで、不忍の池に住んで居たさうですが、明治になつてから印旛沼の方へ移つて了つたと云ひます。

ということであった。「半七捕物帳」の「弁天娘」は、この「弁天様の申し子」という風聞を次のようにふまえて捕物話に仕組まれている。両親が「いつまでも子のないのを悲んで、近所の不忍の弁天堂に三七日のあひだ日参して、初めて儲けた」のがその娘で、

弁天様から授けられた子であるから、やはり弁天様と同じやうに何日(いつ)までも独身でゐなければならない。それが男は(ママ)求めようとするために、弁天様の嫉妬の怒に触れて、相手の男はこと〴〵く亡ぼされてしまふのである……

という噂がまとわりついていた。不運なだけなのだが、男運の悪さから事件を引き起こしてしまう。「石燈籠」と「両国」は大正六年、「朝顔屋敷」は大正七年で、「江戸の化物」、「聖堂と講武所」、「折助」が大正六年に発表されている。「弁天娘」は大正十二年の発表で「江戸の化物」の六年後ではあるが、おおむね「半七捕物帳」と『風俗江戸物語』とは近接した時期に書かれている。江戸について綺堂が語ろうとしていることは、この両者がお互いに補完している。

そう思って「山祝ひ」を手に取ると「江戸時代の旅」を読むことでよりよく理解できる。「半七先生」は「手習師匠」に重なっている。「半七先生」は初出不明のため、新作社版の本文から引用すると、手習の師匠山村小左衛門は、

……常に八九十人から百人あまりの弟子を教へてゐて、書流は江戸時代に最も多い溝口流であつた。手習一方でなく、十露盤も教へてゐたが、人物も手堅く、教授もなか〳〵親切であるといふので、親達のあひだには評判がよかつた。

という人物である。『風俗江戸物語』に収められる「手習師匠」では、

上方では手習を教へるところを寺子屋と唱へてゐましたが、江戸では寺子屋とは云ひません、

単に手習師匠と云つてゐました。

と、まず前提となることばの説明から入る。そこで教えるものについて次のように記す。

この時代には手習師匠のところで教へる文字は、仮名、草書、行書の三種類だけで、決して楷書は教へなかつたのです。その当時は楷書と云ふものを、現今の隷書のやうに見なしてゐたので、普通一般には使用されなかつたのです。

と、その時代の様子に言及していく。「半七先生」に登場する山村小左衛門は「手習一方でなく、十露盤も教へてゐた」というのは、「手習師匠」によれば「武家の師匠のところでは、十露盤を教へたり、教へなかつた」りと、それぞれであったためである。

このように「半七先生」と「手習師匠」とを一緒に読むことによって、その頃の師弟の姿や手習いのお手本について目の当たりにできる。「半七先生」は初出不明でいつ発表されたかわからないのだが、「手習師匠」と呼応するように書かれていることから、執筆時期は近いと推測される。

右記の各章に「江戸の火事」（初出未見）を加えて大正十一年二月に贅六堂出版部から『風俗江戸物語』として刊行された。そのとき「同心と岡ッ引」と「栲問と責問」がひとつの章にまとめられている。また章題も「徳川時代に於ける心中後の處分に就いて」が「心中の處分」とされるように短くなったものもある。現在入手しうる河出文庫版[10]では「乞食」の章は収録されていない。
『風俗江戸物語』は「半七捕物帳」と響きあって江戸の雰囲気を私たちに伝えてくれる。

さて、半七詮議であった。

「半七捕物帳」は、大正六年一月に雑誌『文藝倶楽部』に登場し、単行本として『半七捕物帳』にまとまり、その後「半七聞書帳」の副題をつけて発表された九話が『半七聞書帳』として刊行されたが、この時点で大きく人気が出たわけではないと思われる。というのも、大正七年一月から雑誌掲載された「半七捕物帳後篇」の六話および『娯楽世界』に執筆した半七を主人公とした作品は、大正十二年から刊行がはじまる新作社版が出るまで、単行本には収まることがなかったからである。だが、新作社版が出されると半七は人気者になった。

有名になった作品には伝説が生まれる。「半七捕物帳」は二十年間にわたって書きつがれているにもかかわらず、首尾一貫していて破綻がない。あるいは半七という岡っ引がいて実際に立ちあった事件を綺堂は描いたのだ、などなど。

新作社版第二輯の「はしがき」に綺堂ははじめて半七について次のように記す。

> このものがたりの主人公の半七老人は、実在の人物であるか何うかといふ質問にたび〳〵出逢ふが、わたしはそれに対して明瞭に答へたことがない。なかには半七を識つてゐて、彼は江戸時

代の副業に湯屋を開いてゐたといふ人もある。半七は高野長英の隠れ家に向つた捕方の一人であると説く人もある。半七は維新後も引きつゞいて警視庁に奉職してゐたといふ人もある。或は時計屋になつたといふ人もある。

と、読者による半七の詮議がはじまったと思われ、「半七捕物帳」が人気を博してきたこともうかがわれる。

岡本経一は、三田村鳶魚の「江戸雑話」にある丸屋半七のエピソードを紹介し、次のようなことがあったと記している。

あれは昭和三十一年の秋であったか、或る新聞が残された東京史跡を連載していたが、若い記者が訪ねて来て、半七の戒名を教えてくれという。聞けば千駄ケ谷のなにがし寺に半七の墓が見つかったが、過去牒が失われて戒名が判らず、記事にならぬという。墓銘によれば小林半七、明治五年歿で、女房のほかに妾が同穴しているという艶福家だ。それが果たして丸屋半七のものか、享年も判らない。はて、三河町の半七なら、墓は浅草の橋場にある筈だがと考え込んでいるうちに、千駄ヶ谷の寺の名を聞き洩らしてしまった。

（岡本経一「解説」『半七捕物帳（五）』昭和52・7、旺文社文庫）

半七老人の隠居所を赤坂に決めたのは、実在した岡っ引の絵草紙屋丸屋半七の住居が見付外すぐの赤坂裏伝馬町（いまの赤坂三丁目）にあったことも原因の一つであろうが、作者はそれに就いての文献の二、三をむろん知っていながら、素知らぬ顔で、全く触れていない。（略）

実在した半七は明治五年に死んでいる。物語の作者の生まれた年である。物語の主人公半七親分は四十五歳で隠棲し、作者綺堂は四十五歳から物語を書き始める。そんな偶然のなりゆきを、私は因縁ばなしのように思ってみる。（岡本経一「解説」『半七捕物帳㈥』昭和61・12、光文社文庫）

丸屋半七なる絵草紙屋を副業とする岡っ引、それと同一人物かはわからない小林半七が浮かびあがってきたが、明治五年生まれの綺堂はどちらの半七にも会えるはずがないので、直接話を聞いたこともなければ、姿かたちも人となりも知るはずはない。が、捕物帳を執筆するにあたってなんらかのヒントを得た可能性はあるかもしれない。

半七という名前については、丸屋半七が脳裏に浮かんだのかもしれないが、岸井良衞は「半七と半七捕物帳の誕生」のなかで、次のように語っている。

それから、もう一つ、これは少々種を割る話になるが、綺堂の前で、半七が実在の人物であるかどうかと云ふ話が出た時に、綺堂はそれに対して、次のやうに答へたことを記憶してゐる。

「いや、半七と云ふ名を決めるには、随分いく日も考へた。十ほど名前をあげて見た。先づ第一に色気がなければいけない、その上に、これから先き、何十たび、あるひは何百たび、此の字を書かなければならないから、出来るだけ字画の少い、書きいゝ名前をつけて置かなければいけない……。」

（『定本半七捕物帳第一集』同前）

これが半七という名前の所以だとすれば、「色気がなければいけない」という綺堂の返答から、だれしも三勝半七を思い浮かべるのではないだろうか。「艶姿女舞衣」のほかにも「千日寺名残鐘」、「其常磐津仇兼言」などの外題をもつ有名な狂言である。

名前はともかくとして、実在した岡っ引から事件を聞いて書いた話ではなさそうである。

と、ここまで書いたところで綺堂が別の場所で述べた一文を紹介したい。

半七捕物帳……ですか、数年前シャーロック・ホルムスが訳されて、非常に読まれましたから、自分も筆をとつて見たのです。半七といふ男は実際ゐたのですよ、その中に続きを出したいと思つてゐますが……

（岡本綺堂氏談「日本の捕物と支那の捕物」『旬刊写真報知』大正13・11・25）

綺堂は「半七といふ男は実際ゐた」と話しているのだ。新作社版第二輯では、「明瞭に答へたことがない」と記してはいるが、その翌年にはいたのだと言う。岸井良衞も「綺堂も半七の実在に就ては、とぼけてゐるのであるから、此の問題は此の辺にとゞめて置くことにする」（前掲）というほど虚実のあわいにある。少なくとも半七を主人公にするにあたって念頭に置いた人物はいたのではないだろうか。岸井良衞にならって半七詮議の稿はこのあたりでいったん閉じることにする。

「半七捕物帳」の諸本紹介

すでに『半七捕物帳』、『半七聞書帳』といった刊本について触れ、また本文に異同があることも述べた。各章で詳しく紹介する作品もあるが、どのように収録されたかについては発表順の作品一覧とを見比べていただきたい。と言っても出版されたすべての『半七捕物帳』に目を通したわけではない。今内孜編著『半七捕物帳事典』（平成22・1、国書刊行会）のグラビアページには、昭和五年刊行の新興書院版『半七捕物帳』の書影が載っているが未見のままである。同好の士からご教示いただければ幸いである。

平和出版社『半七捕物帳』（大正6・7）
「半七捕物帳」最初の単行本である。装丁は橘小夢、四六判函入り。『文藝俱楽部』に発表された「お文の魂」から「奥女中」までの七篇を収める。初出時の題名「半鐘の音」を「半鐘の怪」と改めたほかは、誤植の修正と行あきを入れて読みやすくした程度の変更で、事件の年代、設定等に改変は認められない。

隆文館株式会社『半七聞書帳』（大正10・6）

「半七」もの第二冊目の単行本である。装丁者不明、四六判函入り。『文藝倶楽部』に発表された「三河萬歳」から「松茸」の九篇を収める。発表順ではなく、「三河萬歳」「人形の怪」「張子の虎」「旅絵師」「槍突き」「小女郎狐」「松茸」「あま酒売」「熊の死骸」の順で配列されている。「人形使ひ」は『半七聞書帳』収録時のみ「人形の怪」とされ、「甘酒売」はここで「あま酒売」という表記になった。「半七聞書帳」の第一話「三河萬歳」の出だしに、「これは曩（さき）に紹介した『半七捕物帳』の姉妹編とも云ふべきものである。」という一文が付け加わった。他には、平和出版社版『半七捕物帳』と同じ程度の変更で、事件の年代、設定等は初出どおりである。

新作社『半七捕物帳』（全五巻）

「お文の魂」から「蝶合戦」まで、全四十三話収録。

第一輯（大正12・4）十話収録、第二輯（大正12・7）八話収録、第三輯（大正12・11）九話収録、第四輯（大正13・5）八話収録、第五輯（大正14・4）八話収録。各輯それぞれに綺堂のはしがきが付される。

「踊の浚ひ」と「蛙の水出し」をあわせて「少年少女の死」に、「廣重の絵」と「河獺」とで「廣重と河獺」としたように、ふたつの話を一話に書きかえたのは新作社版からである。また「踊の浚ひ」

や「化銀杏」のように半七の捕物として書かれたわけではない話も「半七捕物帳」として書きなおし、この捕物帳に収録している。

第一輯「お文の魂」における事件の年代は初出本文と変わらず元治元年、登場する半七は「三十二三」とわずかに変化したが、「私が半七に初めて逢つたのは」「日露戦争が終りを告げた頃」のままである。「石燈籠」でも改変はなかったが、「女行者」が第四輯に収録されたときに、「明治三十二年の秋」にわたしは半七老人に出会う場面が書きくわえられ、新作社版『半七捕物帳』のなかで矛盾をきたすことになった。「鷹匠」の題名が、第二輯に収められたとき「鷹のゆくへ」と変更された。「潮干狩」が第四輯に収録されたときに「海坊主」という題名となり、「柳原堤」も第五輯で「柳原堤の女」となる。「松茸」では第五輯収録時に三浦老人を登場させ、「三浦老人昔話」と繋がりをもたせている（そのことについては第四章「江戸残党後日俤」で述べる）。

この新作社版には異装本がある。紙型は同じだが本の寸法が少し大きくなり、函、本の装丁が変わる。さらに五冊を合本にしたものが昭和六年一月に百萬堂出版部から刊行されたが、そこには五冊本につけた綺堂のはしがきは入っていない。このはしがきは今内孜編の『半七捕物帳事典』で読むことができる。百萬堂出版部から出された『半七捕物帳』は合本なので、本文は新作社版とまったく同じであるが、新作社版で第一輯に収録されていた「勘平の死」のみ第四輯に移されている。合本の二年前に刊行された春陽堂版は、次に記すとおり半七の生年等も書き改められている。春陽堂版のあとから出されたにもかかわらず、元治元年に登場する半七は「三十二三の瘦ぎすの男」と記され、わたしが半七老人と出会うのも「日露戦争が終りを告げた頃」なので、この時期ふたとおりの年齢の「半七捕物帳」が並んで出版されていた。

春陽堂『半七捕物帳（上・下）』（昭和4・1）

「お文の魂」から「むらさき鯉」まで全四十四話収録。上下巻ともに綺堂の同じはしがきが付される。完本は共函入り。

ここで、光文社文庫等現在入手できる流布本の本文の骨格がほぼ確立されたといってよい。吉五郎、半七の生年や、わたしが半七老人と出会う時期などがわかる「お文の魂」「石燈籠」「湯屋の二階」について要点のみ記す。

・「お文の魂」

事件の年代は初出と変わらず元治元年だが、そこに登場する半七は「四十二三」とおよそ十歳ほど引き上げられた。それにともない「わたしが半七に初めて逢つたのは」「日清戦争が終りを告げた頃」と書きかえられた。初出および新作社版本文よりも十歳から十二歳程度年齢を上回らせた。

・「石燈籠」

十九歳の半七が初手柄をあげたことは変わらず、事件の年代を初出時の安政元（一八五四）年から天保十二（一八四一）年にさかのぼらせた。そのため、事件の三、四年後に虎列刺（コレラ）で死去した吉五郎を霍乱（かくらん）で亡くなったことに変更している。虎列刺では安政年間のイメージが強いため、当時としては耳に馴染んだ霍乱にしたのであろう。

・「湯屋の二階」

作品の年代が、それまでの「文久二年」から「文久三年」に変えられた。そのことにより「文久二年の秋」に起きた「猫騒動」のなかで、半七が「だが、手前のあげて来るのに碌なことはねえ。この正月にも手前の家の二階へ来る客の一件で飛んでもねえ汗をかゝせられたからな」（傍線・引用者）と言っている事件が「湯屋の二階」なので、翌年起こる事件を指すことになってしまった。初出と新作社版では齟齬は起きていなかった。このことについては第二章「鳴響半七初手柄」で詳述する。

『現代大衆文学全集 第十一巻　岡本綺堂集』（昭和4・7、平凡社）

「半七捕物帳」から「お文の魂」「石燈籠」「津の國屋」「お化師匠」「化銀杏」「猫騒動」「春の雪解」「旅絵師」「弁天娘」「勘平の死」「鬼娘」「朝顔屋敷」「半鐘の怪」「あま酒売」「人形使ひ」「小女郎狐」「柳原堤の女」「張子の虎」を収録している。

「半七捕物帳」の他には「玉藻前」「最後の舞台」「勇士伝」「蜘蛛の夢」が収められた。

「石燈籠」は、初出、新作社版ともに安政寅年（一八五四）年に起きた事件とされている。その三四年後に親分の吉五郎は虎列刺（コレラ）で死去している。いわゆる安政のコロリである。この箇所が、春陽堂版では「忘れもしない天保丑年の十二月で、わたくしが十九の歳の暮でした」と書きかえられ、三、四年後に亡くなった吉五郎は霍乱で死んだと改められる。しかし、いきなり「霍乱」に変更されたのではない。平凡社版の「石燈籠」では事件の年代はさかのぼらせたが、吉五郎の死因は虎列刺のままであった。つまり安政のコロリではなく天保年間にコレラで死んだことになった。変更の過程としては新作社版と春陽堂版のあいだをいく改変である。しかし、平凡社版は、春陽堂版より半年あとの刊行である。平凡社版『現代大衆文学全集』は昭和二年から配本がはじまったので、出版社には早めに原稿が渡されていた可能性が高い。『岡本綺堂日記・続』（平成1・3、青蛙房）にあたると、昭和二年一月九日に、「平凡社の木田君が来て、大衆文芸全集三十巻を刊行するので……」という記述が見える。二月六日に「大衆文芸全集の原稿を訂正」。二月八日に「平凡社の橋本君に郵書を発して、大衆文芸全集の目次を通知してやる」とある。発行されたのは昭和四年であったが、内容見本は昭和二年段階で作成されていた。綺堂の日記には全三十巻と記されていたが、内容見本には三十六巻と書かれ、じっさいに刊行されたのは四十巻となり、さらに後期二十巻が追加された。平凡社版に収録された「半七捕物帳」の本文は昭和二年段階で修正され、それを受けて春陽堂版の本文になったと推測される。平凡社版の発行のほうが半年後になっているが、本文が組まれたのはこちらのほうが早かったのではないだろうか。春陽堂版で、天保十二年に起きた事件の三、四年後に、吉五郎が霍乱で死去したという本文が定着していることからもそのように考えられる。天保丑年の三、四年後に吉五郎が虎列刺で死んだという「石燈籠」と、「安政の大コロリの翌年」が事件の年代になっている「お化師匠」は『現代大衆文学全集』のみで読める本文である。

『日本探偵小説全集　第六篇　岡本綺堂集』（昭和4・7、改造社）

「半七捕物帳」から「異人の首」「あま酒売」「お照の父」「鬼娘」「熊の死骸」「蝶合戦」「半鐘の怪」「一つ目小僧」の八篇を収録している。本文は昭和四年の春陽堂版に基づいていると思われるが、「異人の首」には若干の書きくわえが、「鬼娘」には削除が見られる。時代設定と話の筋についての変更はない。

『探偵小説全集　第六巻　岡本綺堂集』（昭和4・8、春陽堂）

書名は「岡本綺堂集」だが、「半七捕物帳」から「石燈籠」「鷹のゆくへ」「津の國屋」「湯屋の二階」「お化師匠」「三河萬歳」「海坊主」「化銀杏」「槍突き」「猫騒動」「春の雪解」「勘平の死」「朝顔屋敷」「帯取の池」「筆屋の娘」の十五篇を収録している。他の小説、戯曲は入っていない。本文は春陽堂の二冊本に基づいている。したがって、「石燈籠」の事件は天保十二年で半七は十九歳、「それから三四年経つ中に、親分の吉五郎は霍乱」で死んだと語られている。「湯屋の二階」の年代も「文久二年」ではなく「文久三年」である。

次の『岡本綺堂全集　第一巻』で触れるが、「朝顔屋敷」に「青白い顔を出した十六日の冬の月」という箇所がある。初出からこの『探偵小説全集』まで「十六日」となっている。改造社版で誤植が起こり、現行流布本にいたるまで踏襲されている。

『岡本綺堂全集 第一巻』（昭和7・3、改造社）

第一巻とあるが、一冊のみの全一巻である。戯曲三十一篇と「半七捕物帳」の「お文の魂」から「三つの声」まで全四十五話を収録。大正期の「半七捕物帳」がすべて収められた。函入り月報付き。巻頭に綺堂のはしがきを載せ、月報には額田六福の「逸事片々――綺堂先生のこと――」を掲載している。「半七捕物帳」の本文は春陽堂版を基にしている。「雪達摩（ママ）」が「上巻のはしがきに書いた通り……」とはじまっているが、これは春陽堂版下巻に収めた「雪達磨」の出だしである。一巻本の全集なので奇妙な文章に見えるが、春陽堂版に基づいたことの証左である。「雪達摩」という表記は初出未見のため新作社版第二輯での確認で、春陽堂版は「雪達磨」の表記である。改造社版は「雪達摩」の題名表記を新作社版に拠っている。

現行流布本（光文社文庫）所収の「朝顔屋敷」に「向う側の高い堤の松の上にちょうど今、青白い顔を出した二十六日の冬の月にあざやかに照らされていた」（傍線・引用者）という箇所があるが、傍線部の日にちは暦のうえから間違いだという指摘がある（蔡維鋼「共同研究　半七捕物帳（一）」『成蹊人文研究第十九号』平成23・3）。ここは暦のうえからばかりでなく、作品の時間経過からみても「十六日」でなければならない。誤植である。この間違いはこの改造社版で起きた。改造社版は「向う側の高い堤の松の上に丁度今、青白い顔を出した二十六日の冬の月にあざやかに照らされてゐた」（傍線・引用者）という表記である。蔡維鋼は「前の本文から考えてこの場面の時刻は午後七時ごろではないかと考えられるのだが、旧暦の二十六日では月の出る時刻は深夜から明け方の間で、つじつまが合わない」と述べている。暦から月の出る時刻を推しはかり、文庫本の本文から誤植を見ぬく蔡氏の慧眼には驚嘆するほかない。かつては暦から潮の満ち引きを知った人々は、いつごろからその能力を失ってしまったのだろうか。潮の満ち引きと関係がある「潮干狩」（のち「海坊主」と改題）を読む楽しみ方がまた増えた。

『岡本綺堂全集　第十二巻』（昭和12・6、岡本綺堂全集刊行会）

全十二巻の予定だったが、四冊のみ刊行された。「半七捕物帳」は本巻のみで、中扉に「新輯 半七捕物帳 第二編」と記されている。「三河萬歳」「勘平の死」「正雪の絵馬」「鬼娘」「半鐘の怪」「かむろ蛇」「帯取の池」「河豚太鼓」「異人の首」「あま酒売」「青山の仇討」「むらさき鯉」「人形使ひ」「吉良の脇指」「蝶合戦」「筆屋の娘」「川越次郎兵衛」を収録している。

『大衆名著選集　半七捕物帳』（昭和13・12、新潮社）

「勘平の死」「お化師匠」「三河萬歳」「津の國屋」「唐人飴」「春の雪解」「人形使ひ」「張子の虎」「湯屋の二階」「大坂屋花鳥」「鬼娘」「帯取の池」「朝顔屋敷」「あま酒売」「山祝の夜」「廣重と河獺」「ズウフラ怪談」の十七篇を収録。

昭和七年の改造社版に収録された「朝顔屋敷」で「青白い顔を出した二十六日の冬の月」となっていた箇所は、「青白い顔を出した十六日の冬の月」と初出どおりの本文を引き継いでいる。

春陽堂日本小説文庫（収録作品は『春陽堂書店　発行図書総目録』（平成3・6、春陽堂）の記載と異なるが、所蔵する本にしたがった。但し『半七捕物帳（3）』は昭和十三年の改訂一版である。）

『半七捕物帳（1）』（昭和7・1）「廣重と河獺」「化銀杏」「お文の魂」「半七先生」
『半七捕物帳（2）』（昭和7・1）「弁天娘」「鬼娘」「柳原堤の女」
『半七捕物帳（3）』（昭和7・4）「旅絵師」「熊の死骸」「半鐘の怪」「仮面」「少年少女の死」「むらさき鯉」「蝶合戦」「春の雪解」「お照の父」
『半七捕物帳（4）』（昭和7・4）「小女郎狐」「猫騒動」「津の國屋」
『半七捕物帳（5）』（昭和7・4）「旅絵師」「熊の死骸」「半鐘の怪」「仮面」「少年少女の死」
『半七捕物帳（6）』（昭和7・5）「むらさき鯉」「蝶合戦」「春の雪解」「お照の父」
『半七捕物帳（7）』（昭和7・5）「異人の首」「冬の金魚」「一つ目小僧」「鷹のゆくへ」
『半七捕物帳（8）』（昭和7・5）「奥女中」「松茸」「雷獣と蛇」「槍突き」
『半七捕物帳（9）』（昭和7・6）「三河萬歳」「海坊主」「狐と僧」「筆屋の娘」
『半七捕物帳（10）』（昭和7・5）「朝顔屋敷」「勘平の死」「お化師匠」「帯取の池」
『半七捕物帳（11）』（昭和7・5）「湯屋の二階」「女行者」「あま酒売」「石燈籠」

第10集収録の「朝顔屋敷」は、改造社版の「青白い顔を出した二十六日の冬の月」ではなく、「十六日の冬の月」となっている。春陽堂の文庫だけに昭和四年の春陽堂版を底本にしたと思われる。

*

『続半七捕物帳（1）』（昭和11・11）「十五夜御用心」「大坂屋花鳥」「ズウフラ怪談」「大森の鶏」「妖狐伝」「幽霊の観世物」「菊人形の昔」

『続半七捕物帳（2）』（昭和11・12）「蟹のお角」「金の蠟燭」「新カチカチ山」「唐人飴」「正雪の絵馬」「かむろ蛇」

『続半七捕物帳（3）』（昭和11・12）「河豚太鼓」「青山の仇討」「吉良の脇指」「歩兵の髪切り」「川越次郎兵衛」「廻り燈籠」

昭和九年八月号から昭和十年十二月号まで『講談倶楽部』に連載された十八話と同誌昭和十一年二月号に掲載された一話を収録する。第1集に収録されたさいに「菊人形」は「菊人形の昔」という題名になった。

「半七紹介状」、「夜叉神堂」、「地蔵は踊る」、「薄雲の碁盤」、「二人女房」は昭和十一年九月以降の発表なのでここに記した春陽堂文庫には収録されていない。

綺堂没後の刊本

同光社『定本半七捕物帳』（全五巻）第一巻から四巻まで、綺堂の「江戸時代の捕物」が序文として置かれ、豊島與志雄の跋文が第一巻から五巻まで付けられている。

第一巻（昭和25・1）十三話収録、「お文の魂」の末尾で、大正六年の初出から昭和七年の改造社版まで「わたしが半七に初めて逢つたのは……」と書かれていた箇所が、この版から「わたしが半七によく逢ふやうになつたのは……」と改められる。

第二巻（昭和25・5）十六話収録、「朝顔屋敷」は「青白い顔を出した二十六日の冬の月」となっている。もちろん誤りで、改造社版を底本にしたと思われる。

第三巻（昭和25・4）十六話収録。

第四巻（昭和25・3）十一話収録、「大坂屋花鳥」の表記が「大阪屋花鳥」となる。

第五巻（昭和25・4）十二話収録、「半七紹介状」が序文にかえて巻頭に置かれた。跋文のあとに岡本経一による「半七捕物帳の作者」が付された。


早川書房『定本半七捕物帳』（全五巻）全巻解説・岸井良衞。各巻月報付き。

第一巻（昭和30・12）十五話収録、月報は岡本綺堂の「江戸時代の捕物」と岸井良衞の「劇化された半七捕物帳」。

「お文の魂」の末尾で、「わたしが半七によく逢ふやうになつたのは……」という本文は同光社版を引き継いでいる。初出から同光社版まで、半七の「息子に唐物商を開かせて……」とされていた箇所が「養子に唐物商を開かせて……」と書きかえられた。「朝顔屋敷」は「二十六日の月」となっている。

第二巻（昭和31・1）十五話収録、月報は岸井良衞の「劇化された半七捕物帳—その二—」、岡本綺堂「江戸時代の刑罰について—その一—」、豊島與志雄「半七随想」。

第三巻（昭和31・2）十五話収録、月報は岸井良衞の「劇化された半七捕物帳—その三—」、吉田甲子太郎「ノイローゼの対症療法」、岡本綺堂「江戸時代の刑罰について—その二—」。

第四巻（昭和31・3）十一話収録、月報は岸井良衞の「劇化された半七捕物帳—その四—」、水野亮「綺堂ファン」、岡本綺堂「江戸時代の刑罰について—その三—」。

第五巻（昭和31・4）十二話収録、月報は岸井良衞の「江戸と綺堂と半七」、田中西二郎「なつかしき回想」、岡本綺堂「江戸時代の刑罰について—心中—」。


「二人女房」のなかで、初出では「忘れもしない嘉永二年、浅草の源空寺で幡随院長兵衛の二百回忌の法事があつた年でした」と記されていたが、早川書房版から「浅草の源空寺で幡随院長兵衛の三百回忌の法事」となってしまった。『武江年表』には嘉永二年四月、「浅草源空寺にて、侠客幡随院長兵衛が二百年法事執行あり」と記載されており「三百回忌」は誤植である。この箇所は同光社版までは「浅草の源空寺で幡随院長兵衛の二百回忌の法事」と記されていたが、青蛙房版、旺文社文庫、光文社文庫では「三百回忌」という誤記を引き継いでいる。講談社大衆文学館『半七捕物帳』で直され、筑摩書房版、ちくま文庫『半七捕物帳傑作選一　読んで、「半七」！』は訂正された本文である。

この五冊本は昭和四十一年二月に、同じ紙型で装丁もほぼ同じで再刊された。

青蛙房『半七捕物帳』（全五巻）画・三谷一馬

第一巻（昭和41・3）十六話収録、あとがき・岡本経一。早川書房版と同じ本文である。

第二巻（昭和41・6）十八話収録、巻末解説・柴田宵曲「半七ばなしの背景」。

第三巻（昭和41・10）十五話収録、巻末解説・岸井良衞「半七親分考現学」。

第四巻（昭和42・2）十二話収録、巻末解説・三好一光「「半七捕物帳」の言葉」。

「かむろ蛇」の末尾「半七老人からこの話を聞かされたのは、明治三十年前後のことである。その後に十方庵の遊歴雑記を読むと、その第二編（文化十二年作）に氷川明神のかむろ蛇の記事が見出された。総て老人の話に符合してゐる。半七老人の話に嘘は無いといふことを、其時にも思ひ知つた。」という記述が削除された。この部分は初出から早川書房版までは記載されていたが、この版以降文庫本等には載らなくなってしまった。筑摩書房版『半七捕物帳 第五巻』（平成10・10）で初出どおりではないが掲出された。

第五巻（昭和42・6）八話収録、巻末解説・三谷一馬「半七捕物帳さしえ　矢立帳」、全五巻図絵索引。

昭和七年二月から七月まで『日曜報知』に十五回連載した「白蝶怪」が、初めて『半七捕物帳』に収録された。これをもって、「半七捕物帳」を六十九篇と数えるようになった。

筑摩書房『半七捕物帳』（全六巻）画・三谷一馬。今井金吾による克明な注が付された。

第一巻（平成10・6）十三話収録、青蛙房版の本文に基づいている。

第二巻（平成10・7）十三話収録。
第三巻（平成10・8）十三話収録。
第四巻（平成10・9）十二話収録、巻末解説・三谷一馬「半七捕物帳さしえ　矢立帳」。
第五巻（平成10・10）十話収録、巻末解説・縄田一男「綺堂の郷愁」。

青蛙房版で削除された「かむろ蛇」の末尾が付け加えられた。「半七老人からこの話を聞かされたのは、明治三十年前後のことである。その後に津田十方庵の「遊歴雑記」を読むと、その第二編（文化十一年作）に氷川明神のかむろ蛇の記事が見いだされた。すべて老人の話に符合している。半七老人の話に嘘は無いということを、その時にも思い知った。」という文になっているが、江戸叢書[11]にあたると、「氷川の神体かむろの蛇の奇怪」を掲出する『遊歴雑記 第二編』は、初出誌から早川書房版まで記されているとおり文化十二年の版である。文化十一年に板行されたのは『遊歴雑記 初編』である。

第六巻（平成10・11）八話収録、巻末解説・岡本経一「半七本むかし話」

初出誌から青蛙房版までの「地蔵は踊る」の出だしの箇所で、半七老人から几董について尋ねられたわたしは、「彼は蕪村の高弟で、二代目夜半楼を継いだ知名の俳人である」と答えているが、筑摩書房版で「彼は蕪村の高弟で、三代目夜半亭を継いだ知名の俳人である」と修正された。たしかに正しくは筑摩書房版のとおりだが、半七老人を訪ねたわたしがいきなり几董について聞かれ、何の資料もないまま答えているので、「三代目夜半亭」を「二代目夜半楼」

と言うのは、若き日の綺堂を思わせるよう間違えさせたとも考えられる。本文を訂正するより注記にしたほうがいいのではないだろうか。

また、この版では、初出および青蛙房版での「白蝶怪」の年代が文化九（一八一二）年だったのを、天保七（一八三六）年に変更しているが、吉五郎の年齢は初出本文のまま三十二三歳である。吉五郎は「石燈籠」の事件（天保十二（一八四一）年）の三、四年後に死去するということなので、弘化元（一八四四）年か弘化二（一八四五）年に亡くなっている。初出および青蛙房版の本文どおり文化九年で三十二三歳なら享年六十四歳なのだが、筑摩版の天保七年で三十二三歳だと享年四十歳ということになってしまう。どこにも生年は記していないのだが、お仙の父親としては若いように感じられるがどうだろうか。この版で文化九年の事件を天保七年に改変したことについては、今内孜も疑義を呈している（「お仙は姉さん女房？」『半七捕物帳事典』）。「白蝶怪」では吉五郎ばかりでなく、女房のお国の年齢も記されているのだ。お国は初出では文化九（一八一二）年で二十四五だったのが、筑摩版では天保七（一八三六）年で二十四五とされている。とすると文化九（一八一二）年頃の生まれということになる。昭和四年の春陽堂版以後、半七は文政六（一八二三）年頃の生まれであり、「白蝶怪」は昭和七年の発表なので、半七の生年は文政六年頃としてよいはずである。お仙の年齢は不明なのだが、半七の義母となるお国がわずか十一、二歳年上なだけというのは頷けないものがある。

注

（1）岡本綺堂「遺稿　岡本綺堂年譜」（『舞台　岡本綺堂追悼号』昭和14・5）。

（2）大正六年に発表された「半七捕物帳」の第一話「お文の魂」では、半七は元治元年に三十前後の歳とされており、父敬之助とほぼ同じ年齢である。

（3）引用は『岡本綺堂読物選集⑥探偵編』（昭和44・10、青蛙房）による。本書には、「大正十四年九月作「写真報知」」という記載があるが、新装版の『蜘蛛の夢』（平成27・1、光文社文庫）初出一覧には、
　『岡本綺堂日記』大正十四年九月十日から翌日に「写真報知」の原稿執筆、〝きのふの分をあはせて十四枚、題は「寺町の竹藪」といふ。〟とあり、青蛙房刊『岡本綺堂読物選集6』にも〝大正十四年九月作「写真報知」〟とあるが確認出来ず。

と記されている。すなわち、初出不明である。

（4）「過ぎにし物語」は大正九年八月号から十一年五月号まで連載し、震災後「過ぎにし物語―続編」として大正十三年二月号より再開し十四年四月号まで続けられ、昭和十年三月に岡倉書房から『明治劇談ランプの下にて』として刊行された。以下『ランプの下にて』と略記する。

（5）『歌舞伎』に再掲載された「過ぎにし物語」は昭和四年六月号の「守田勘弥」から昭和五年五月号の「鶴蔵と伝五郎」までである。このときに若干表現が変えられた箇所がある。

（6）注（1）に同じ。

（7）この引用文は、単行本『ランプの下にて』から採ったものである。大正九年から十四年まで『新演芸』に連載された「過ぎにし物語」、「続過ぎにし物語」がまとめられたのが『ランプの下にて』だが、「自作初演の思ひ出」は『新演芸』のふたつの連載のなかには見当たらない。『ランプの下にて』では「その頃

の戯曲界─過ぎにし物語…続編の十一」（大正13・12）と「晩年の菊五郎─過ぎにし物語…続編の十二」（大正14・1）のあいだに置かれている。どこかに発表したものを『ランプの下にて』に収めたのか、単行本にするとき書きおろしたのかは確認できていない。

ところでこのとき、常磐津を長唄に書きかえさせられたことについてだが、『ランプの下にて』の第一章に収められた「過ぎにし物語─明治時代の劇と私と」（大正9・8）を読むと、綺堂先生さすがに子どもの頃からの素養が違っていたようである。綺堂が三歳のときに転居した元園町の家の近所に住む人たちが芝居好きで、

……時々に寄りあつまつて茶番をする、劇の真似をする。わたしも面白がつて観に行つた。わたしはこの人達によつて、不完全ながらも『鞘当』や『熊谷陣屋』や『勘平の腹切』や、劇に関する色々の智識を幼い頭脳に吹き込まれた。

その外に、直接間接に劇趣味を涵養してくれたのは、彼の定さんの借りてゐる家の娘が常磐津を習つてゐることであつた。親も商売人に仕立てる積りで、後に家元の名取りになつた位であるから、その稽古は頗るきびしい。殆ど朝から晩まで浚ひつゞけてゐると云つても可いくらゐで、わたしが裏口からその露地を出るたびに、かならず常磐津のお稽古を聴かされる。そのお庇で、わたしは七歳にして、もうお園六三の『誓は二世と三世相』や、小夜衣千太郎の『秋の蛙の声かれて』などを無心に暗記してゐるやうになつた。もう一つは、わたしの東隣の望月太喜次さんといふ長唄の師匠が住んでゐて、わたしの姉もそこへ稽古に通つた。姉ばかりではない、ほかにも大勢の子供が通つて来るので、わたしが庭に遊んでゐると隣の稽古がよく聞える。そのお庇で、わたしは更に越後獅子や、勧進帳をおぼえた。表から出れば長唄、裏口から出れば常磐津、毎日この挟み撃をうけてゐ

るのであるから、私の音楽趣味が普通の子ども以上に発達したのは無理もなかつた。

こうした育ち方をしたので、常磐津も長唄も身についていた。常磐津を長唄に書きかえることが綺堂と鬼太郎にとって難しかったのかどうかはわからないが、かわせるだけの下地があったのである。

(8) 『新演芸』の連載ではいかに「長唄と常磐津の挟み撃」を受けたかが読めたが、『ランプの下にて』では竹柴なにがしの嫌がらせも収載されたので、右記のようにならべて読むことができる。『ランプの下にて』は岩波文庫で入手可能である。

(9) 本章に収めた初出一覧には入りきらなかったため、〔付録3〕の作品リストに、新作社版収録の捕物帳について、第何輯であるかを記載した。御覧いただければ幸いである。

(10) 綺堂はここで「その以上は少し説明するのに困りますが」と断っているので、おそらく『近世風俗志』の次の箇所がそれを指しているものと思われる。

……筵囲ひの小屋を造り、中央に床を置き、床上また胡床等を置き、若き女に紅粉を粧させ華なる古掛を着せ、右の胡〔床〕に腰を掛けさせ、女の背腰以下板壁にて木戸外より女の背を見せ、髪飾り多く掛の裾を右の板壁に掛け、美女を画きて招牌を木戸上にかけ、八文ばかりの銭をとり、女の衣服裾を開き玉門を顕はし、竹筒をもつてこれを吹く時、腰を左右にふる。衆人の中これを吹きて笑はざる者には賞を出す。

右の見世もの他日は稀也。

江戸は両国橋東に年中一、二場これあり。

(『近世風俗志(五)』平成14・12、岩波文庫)

ということで、東両国の見世物は小柳の媚を売るような眼差しどころではなかったようである。

(10) 河出文庫『風俗江戸物語』は、『風俗江戸東京物語』に編集しなおされて出版されたが、版元品切の状態。

ただし、「日本の古本屋」等で入手可能である。

(11)　『江戸叢書巻の四』（大正5・9、江戸叢書刊行会）による。

第二章　鳴響半七初手柄

「お文の魂」「石燈籠」における半七の活躍

「半七捕物帳」は大正六年から昭和十二年にわたって発表され、全六十九話にまとめられている。尾崎秀樹は、「定本としては早川書房版の五巻本（昭和三〇〜三一）がいちばんふさわしい」（『大衆文学の歴史（上）戦前篇』平成1・3、講談社）と述べたことがあったが、その早川書房版の解説では、岸井良衞が「この全集は年代を調べて発表順に配列し、既刊本を参照校訂して、半七捕物帳としては初めての完本であらうと思ふ」[1]と記している。しかしじっさいには、早川書房版『定本半七捕物帳』の配列は、発表順にはなっていない。のちの青蛙房版、旺文社文庫版、現在も出版されている光文社文庫、注と地図を丁寧に付した筑摩書房版からも多大な恩恵を受けているが、発表順ということに関しては修正を施す必要がある。また、半七の年齢の書きかえについても見ていかなければならない。「半七捕物帳」のなかで半七が関わる事件は、天保十二（一八四二）年から慶応三（一八六七）年のあいだのことになっている。半七の年齢では十九歳から四十五歳までという設定である。縄田一男は『捕物帳の系譜』で、「二十年もの間、順番もばらばらに書かれた作品が、作者の頭の中で、ほぼ正確な年代記として整理されていた」と記しているが、第一章で述べたとおり初出誌にあたるといちがいにそうは言えないことがわかる。

第一話の「お文の魂」（大正６・１）で半七が登場したとき次のように描かれている。

> 『これは江戸川の若旦那。何をお調べになるんでございます。』
> 笑ひながら店先へ腰を掛けたのは三十前後の痩ぎすの男で、縞の衣服（きもの）に縞の羽織を着て、誰の眼にも生地の堅気と見える町人風であつた。（傍線・引用者）　（初出）

事件がおこったのは元治元（一八六四）年で、半七は「三十前後」である。この話をわたしはＫのおじさんから聞くが、その後わたしは半七老人と出会うことになる。それは「日露戦争が終を告げた頃」で半七は七十一歳。明治三十八年頃に七十一歳だということなので、半七は天保五（一八三四）年前後の生まれである。

現在、光文社文庫等で読める本文では、半七が最初に関わった事件は、見習いで徳次についていった天保十二年の「大坂屋花鳥」である。それでは七歳の半七少年が活躍する少年探偵団か半七少年の事件簿になってしまう。

もちろん、そんな戯れごとを言いたいのではなく、元治元年に三十歳前後の主人公が当初の設定だったということを確認したいのである。『文藝倶楽部』に七篇掲載されたところで単行本に収まる。平和出版社から刊行された『半七捕物帳』(大正6・7)では書き換えはなく、新作社版(大正12・4)で「三十前後」が「三十二三」と変わる。これはさしたる変更ではない。それが春陽堂版(昭和4・1)に収められたとき、同じ元治元年で半七は四十二三、その後わたしが半七老人に出会ったのは「日清戦争が終りを告げた頃」に変更される。そのときの半七老人の年齢も七十三歳とわずかながら変えられていて、半七は文政五(一八二二)年前後の生まれということになる。大正六年に『文藝倶楽部』にあらわれ、新作社版の第一輯が出る大正十二年までの半七と、昭和四年以降の半七とでは一回り年齢が違ってくる。光文社文庫など現行の流布本は、春陽堂版にしたがい、「日清戦争が終りを告げた頃」「七十を三つ越した」年齢になっている。

大正八年から「半七捕物帳」に変わって「半七聞書帳」が連載される。それ以前に「捕物帳」後篇が六篇と『文藝倶楽部』以外の雑誌に掲載された捕物話があるが、それらは単行本には収まっていない。「聞書帳」九篇が単行本『半七聞書帳』として刊行されたのち、新作社から五冊本の『半七捕物帳』が刊行される。ここで「半七聞書帳」の題名が消え半七が活躍する話に転換していく。昭和にはいるとさらに改稿された春陽堂版が刊行される。この版により主として半七が事件を解決する捕物話の骨格が形成されていく。

のちに後期「半七捕物帳」を『講談倶楽部』に連載しているときに、綺堂は「半七紹介状」(『サンデー毎日』秋季特別号、昭和11・9・10）を発表し、半七を思わせる老人について記す。ここで「日清戦争が終りを告げた頃」よりも、さらに数年さかのぼった年代に老人に出会ったことに修正される。

　明治廿四年の四月、第二日曜日、若い新聞記者が浅草公園弁天山の惣菜（岡田）へ午飯を食ひに這入つた。

と書き出されている。日清戦争が終わりを告げた頃なら明治二十八年である。それより四年ほどさかのぼっている。わたしが出会った老人は文政六（一八二三）年未年の生まれで、受け売りだということで昔の捕物話をわたしに話す。この老人は、「八十二歳の長命で、明治三十七年の秋に世を去つた」と紹介される。初出本文の「お文の魂」では「日露戦争が終を告げた頃」に出会ったのに、その少し手前の時期に半七老人が亡くなったことに変えられた。のちに「半七捕物帳」について解説するものの多くは、「半七紹介状」に記されたことを前提にしている。しかしそれは綺堂が昭和十一年に作り出した枠組みである。

　初出の「帯取の池」（大正7・1）、「山祝ひ」（大正7・4）、「踊の浚ひ」（大正7・10）、「廣重の絵」（大正9・1）、「弁天娘」（大正12・6）では、半七老人が明治の末年まで存命であったというように語られており、たとえば「帯取の池」には次のような一文が記されていた。

江戸時代の隠れたるシヤアロック・ホルムスを紹介するつもりで、私は曩に『半七捕物帳』を書いた。神田の半七も江戸時代の岡つ引で、明治の末年まで生残つてゐた老人である。

このように「明治の末年まで生残つてゐた」のである。右に挙げた他の作品でもほぼ同じように書かれていたが、のちに春陽堂版で生まれた年を十二年ほどさかのぼらせたためであろうか、「半七紹介状」で明治三十七年に亡くなったことに変えられた。しかしこうしたことは捕物帳のなかでは触れられていない。じつは生まれた年も「お文の魂」と「石燈籠」で何年に何歳という書き方をしているだけで、生年没年は昭和十一年の「半七紹介状」ではじめて明記されたのである。

第二話の「石燈籠」が半七の初手柄だということは初出本文でも以降の刊本でも変わらない。だが、事件が起こった年代を見ると、初出本文では「忘れもしない安政寅年の十二月で、私が十九の歳の暮れでした」と書かれていたのが、春陽堂版では「忘れもしない天保丑年の十二月で、わたくしが十九の歳の暮でした」と書きかえられている。安政寅年は一八五四年、天保丑年は一八四一年で十三年の違いがある。「半七捕物帳」が書きはじめられたときの半七の生年では、矛盾が起こることになる。二十年間書きつがれながらも「ほぼ正確な年代記」になっていると言い切れないのはこのためである。光文社文庫等の現行流布本でも「お文の魂」が元治元年に起きたことは変わらないが、半七の年齢は「四十二三」に引き上げられ、わたしがよく会うようになったのは「あたかも、日清戦争が終りを告げた頃」で明治二十八年頃に変更されている。半七の生まれた年や、わたしとの交流ともに十年ほどさかのぼらせている。

さて、なぜこのように書き改められたのか。それを読み解くことによって「半七捕物帳」がどのように作られていったかを理解できるはずである。

では、「石燈籠」に登場する養父の吉五郎に触れることにする。

吉五郎は、「石燈籠」で登場するが、初出本文の「三河萬歳」や「熊の屍骸」で活躍する。この二篇は「半七聞書帳」として発表された作品である。初出では文化二（一八〇五）年の生まれで、[2]亡くなったのは安政五（一八五八）年。この年に流行ったコレラ、すなわち安政のコロリが原因で、歌川廣重、山東京山もこのときに死んでいる。『武江年表』には、そのありさまが次のように記されている。

> 八月の始めより次第に熾（さかん）にして、江戸中并びに近在に蔓（はびこ）り、即時にやみて即時に終れり（略）。此の病、暴瀉（ぼうしや）又は暴痧（ぼうさ）など号し、俗諺に「コロリ」と云へり。西洋には「コレラ」又「アジヤ」「テイカ」など唱ふるよし（略）。郊送（のべおくり）の群に逢ふ事さらにたえず。日本橋、永代橋、両国橋或ひは浅草、下谷、谷中、三田、四谷、其の外寺院の多き所にては、陸続して引きもきらず、日本橋畔にはこれを見る事百に余れる日もありしとぞ。八月朔日より九月末迄、武家市中社寺の男女、この病に終れるもの凡そ二万八千余人、内火葬九千九百余人なりしと云ふ。

綺堂は吉五郎の死をここにあわせたのである。

半七の手柄が十九歳で、三、四年の後に養父吉五郎から跡式一切を譲り受けたわけだから、半七が生まれた年が変われば吉五郎の没年も変わらなければならない。初出では事件は安政元年であった。それが天保十二年にさかのぼらせたので、その三、四年後は弘化年間になる。そうすると、安政のコロリで死なせるわけにはいかない。「石燈籠」は、春陽堂版で「親分の吉五郎は霍乱で死にました」と書きかえられるのである。吉五郎の死は虎列剌との繋がりはなくなってしまったが、のちに発表された「かむろ蛇」（昭和10・5）でコロリの惨状が描かれることになる。

事件の年代と吉五郎の死因とが同時に変更されたのではないことは第一章の「「半七捕物帳」の諸本紹介」で触れたとおりである。平凡社版『現代大衆文学全集』では事件の年代は天保にさかのぼったが、吉五郎の死因はコレラのままであった。

「半七捕物帳」という緻密な世界は、このように書き直されることで形成された。半七の年齢などいかに目を配って執筆されているかを述べたが、それればかりではない。時代考証も念が入っている。「石燈籠」の本文中に興味深い記述がある。

> 白木屋のお熊が引廻しの馬の上に黄八丈のあはれな姿を晒して以来（このかた）、若い娘の黄八丈は一時全く廃れて了つたが、此頃は又段々に流行り出して、出世前の娘も劇（しばゐ）で見るお駒を真似るのがちらほらと眼に注いて来た。（初出）

という箇所だが、「此頃は又段々に流行り出して、出世前の娘も劇で見るお駒を真似るのがちらほらと眼に注いて来た」という記述は初出本文のままで、改稿されたときに手は加えられなかった。ここでいう白木屋のお熊は「白子屋阿熊之記」として『大岡政談』に登場する人物なので、数年の調整では意味を持たなかったのであろう。『大岡政談』は享保年間を舞台にしているからである。

お熊が引廻しの姿を晒したため、黄八丈が廃れたということについて、馬場文耕は次のように記している。

……先年新材木町に白子屋伝三郎といふもの有之しが、渠が娘にお熊といふ徒女、夫を毒殺せんとて顕れ、御仕置被仰付し折から、江戸中引廻し梟首になりたり、其節馬上甚伊達なる事にて、お熊が小袖黄八丈なりけるゆへ、其後黄八丈を著せる女を見ると、お熊が著たりと人々言けるゆへ、自然と女房子供、黄八丈はお熊が著て不吉なりとて、著せる人少く、終に捨りたり、残念至極の事也、

（「愚痴拾遺物語」[3]）

このようにお熊が黄八丈を着ていたために不吉だということになってしまい、廃れてしまったことが述べられている。

また、「劇で見るお駒」の「劇」とは「恋娘昔八丈」をさすが、このことについては「きゝのまに〳〵[4]」の寛政八（一七九六）年の項に、

六月九日、鳥越明神祭礼出し練物出る、其後中絶、此時お駒飴と呼者、奴凧之形に成大若衆、是を揚る学びあり、此飴売りは安永四年薩摩座操芝居にて、恋娘昔八丈と云新上るり大いに行はれて、ソリヤ聞へませぬ才三さんと云文句、童子までも唱へたりとぞ、才三お駒之衣服之染かた流行しは其翌年なり、

という記載がある。「石燈籠」の記述では時期についてははっきりしないが、大田南畝の「半日閑話」[5]に、

去年より薩摩座、小平太座にて恋娘昔八丈といふ新上るり大に当る。其内の文句「そりや聞へません才三様」と云句、童子も是を誦ずとかや。

才三格子島、お駒染と云衣服はやる。お駒飴と云飴売出る。


と安永五（一七七六）年の項に記載されている。『歌舞伎年表』[6]には、安永五年三月三日の項に「中村座、後日狂言「恋娘昔八丈」。（略）大当り」とあり、お駒を瀬川菊之丞が演じたことが記されている。「劇で見るお駒を真似るのが」眼についてくるのは安永年間のことであるらしい。こうしたことから「半七捕物帳」の底にある歌舞伎の流れには注意しておきたい。

こう言うのも、じつは縄田一男が『捕物帳の系譜』でヒントをくれているからである。綺堂と歌舞

伎という取り合わせは、当たり前すぎることだが、縄田氏はこういう指摘をしている。

前期『半七捕物帳』でも、第三話「勘平の死」が、忠臣蔵の素人芝居の最中に起こった殺人を扱っていたり、第九話「春の雪解」の冒頭で「あなたはお芝居が好きだから、河内山の狂言を御存知でせう」と半七が話しはじめるように、事件の筋や登場人物を芝居に見立てて説明する箇所が随分あった。後の作者の言を借りれば、これすべて「読者もすでに御承知の通り、半七老人の話はとかくに芝居がかりである」（第六十話「青山の仇討」）という言葉に収斂されるのであろう。（略）

ところが、後期『半七捕物帳』になると、無論、こうした傾向はあるものの、半七の劇評は、綺堂さながらに明治の演劇の同時代評の様相を呈してくる。

縄田氏が「新カチカチ山」と「青山の仇討」を例にとって説明しているとおり、たしかに後期の『半七捕物帳』には芝居に関する生の批評があらわれるようになる。それにくらべて前期の作品には直接芝居を批評するかたちはとっていない。それについては第四章の「女行者」の項で解明をこころみるので、ここでは、前期「半七捕物帳」の執筆時期が、大正九年から『新演芸』に連載していた「過ぎにし物語」と重なっていることだけを指摘しておきたい。「過ぎにし物語」は昭和十年に岡倉書房から『ランプの下にて』として刊行されるが、前期の「過ぎにし物語」を執筆しているあいだは、「半七捕物帳」のなかでは直接芝居を語っていない。自分が子供の頃から見てきた芝居や役者について語っているのが「過ぎにし物語」である。のちにもう一度触れるが、「過ぎにし物語――続編」は、五代目菊五郎、九代目團十郎、初代左團次の死をもって閉じられる。

たしかに芝居についての語り方は変化しているが、「半七捕物帳」と芝居とのつながりははじめから色濃くあらわれていた。

「湯屋の二階」と「猫騒動」

半七初手柄ではないが、「半七捕物帳」初期に書かれた作品について触れたい。

山田風太郎が「半七捕物帳を捕る」[7]（『宝石』昭和27・7）で興味深い指摘をしているので、四点ほど要約して紹介する。

1、「津の國屋」で「桐畑の常吉といふ若い者が働いた仕事で（略）蔭へまはつて若い者の片棒をかついで遣つたわけです」と半七老人が言うけど、桐畑の常吉は「二十五六」と書いてあって、半七も二十五歳のはずである。「若い者」に力を貸すというのに自分も若いのではないか。

2、「半七先生」のなかで「半七はこれに稍似た探索の経験を有つていた。それは前に云つた朝顔屋敷の一件である」と書かれているが、「半七先生」は嘉永三年のことで半七二十八歳のとき、「朝顔屋敷」は安政三年で半七三十四歳の事件なので、「六年後の経験を六年前に活用」することになってしまうので、この文章は時間が逆流している。
3、「猫騒動」には、半七が湯屋熊に「手前のあげてくるのに碌なことはねえ。この正月には手前の家の二階に来る客の一件で飛んでもねえ汗をかかせられたからな」という箇所があるが、ここで言われる一件とは「湯屋の二階」を指す。しかし、「湯屋の二階」は「文久三年正月の門松も取れて、俗に六日年越しといふ日の暮方」からはじまっているので、来年起こる事件を「この正月」と言っている。
4、「お化師匠」は、「あれは安政の大地震の前の年」七月十日浅草で事件を聞き、翌日二時頃犯人を捕まえる。「吉良の脇差」は嘉永六年の事件だが、翌年すなわち安政元年七月九日浅草観音に参詣したところ、直感がはたらき、七月十二日に下手人を捕まえることができた。「十一日の午後にお化師匠殺しの犯人をとらえ、十二日の早朝に主人殺しの犯人を討取るのは、(略)どうも不可能なように思われる」。
風太郎は時間経過でおかしなところを挙げたわけだが、欠点をあげつらったのではない。このようなことに気づいた結果、
うれしがるよりも、やはり私は綺堂先生の用心ぶかいのに、衷心から感服せざるを得なかつた

のだと言う。では、このような齟齬やら時間の逆流がどうして起きたのかを考察していきたい。それぞれの番号に対応して以下に記す。

1、半七老人によって「津の國屋」が語り起こされるのは新作社版からである。初出の「津の國屋」は天保七年のこととされている。それでは半七は二歳ぐらいなので現れるはずがない。語り手としての半七老人も姿を見せない。つまり「半七聞書帳」のかたちさえもとっていなかった。それが新作社版で万延元（一八六〇）年に書きかえられて半七が登場することになった。さらに春陽堂版で弘化四（一八四七）年にあらためられ、現在の流布本に至っている。新作社版でも半七は天保五年頃の生まれである。となると二十五、六歳。春陽堂版は文政六年頃の生まれなので弘化四年ではやはり二十五、六歳である。どうも人形常との年齢差ははじめからさして無いように作っていたようである。風太郎が言うように半七親分、二十五、六歳にしては確かに貫禄ありすぎのように思われる。ところで桐畑の常吉という名になるのも新作社版からである。初出では桐畑の幸吉で、「人形のような顔容（かほだち）が人の眼について、人形幸といふ綽名を取つて」いた。それが新作社版で桐畑の常吉と変えられ、それ以降は綽名も人形常で変わることがなくなった。余談だが、横溝正史の人形佐七は半七捕物帳へのオマージュとして名付けられ、佐七の母親の名はお仙で、女房はお粂である。

2、「朝顔屋敷」は初出から安政三（一八五六）年で変わりがない。初出未確認の「半七先生」は新作社版では元治元（一八六四）年である。このままであれば何も不都合はなく、半七が八年前の事件を振り返っただけのことであった。それがいかなる理由でか嘉永年間に変更した。理由は不明であるが、そのため山田風太郎が指摘するような時間の逆流が起こってしまった。

新作社版は、第一輯の第一話「お文の魂」で、半七は元治元年に三十二、三歳として登場し、わたしが半七老人と「初めて逢つたのは」「日露戦争が終りを告げた頃であつた」と記されている。ところが新作社版第三輯の「半七先生」は、次のように書き起こされる。

> わたしが半七老人を識つたのは、明治廿七八年の日清戦争以後で、老人はその頃赤坂に住んでゐた。

このようにわたしと出会った時期がずれるのである。このずれは第四輯で意識的におこなうのだが、第三輯ではそこまで見通しを立てていたとは思えない。新作社版で、出会った時期を「明治廿七八年の日清戦争以後」と記したのは謎である。春陽堂版以降「半七先生」からはこの一文は削除されており、以降の版では読むことができない。但し、これは風太郎の指摘とは別の話。

3、「湯屋の二階」と「猫騒動」については初出にあたれば諒解できることで、しかも「湯屋の二階」と「猫騒動」の齟齬は正さなかった理由については以下に述べる。

「湯屋の二階」の事件が起きた年代については、初出、平和出版社版、新作社版は、文久二（一八六二）年一月である。「猫婆」（初出題）も文久二年、秋のことである。

「湯屋の二階」は初出では、

> 文久二年正月の門松も取れて、俗に六日年越しと云ふ日の暮方に、熊蔵といふ手先が神田三河町の半七の家へ顔を出した。（傍線・引用者）

と記されている。それを受けて、「猫婆」では文久二年の秋を舞台にして、

> 手前のあげて来るのに碌なことはねえ、この正月にも手前の家の二階へ来る客の一件で飛んでもねえ。汗をかゝせられたからな。（傍線・引用者）

と半七が湯屋熊に言う。こう読んでいくと何も問題はなかった。だが、春陽堂版で「湯屋の二階」が次のように書きかえられた。

> 文久三年正月の門松も取れて、俗に六日年越しといふ日の暮方に、熊蔵といふ手先が神田三河町の半七の家へ顔を出した。（傍線・引用者）

「猫騒動」の年代は変わっていないため、「この正月にも」と言った事件が来年の話になってしまった。風太郎はこの間違いを指摘したのである。

それでは、なぜ「湯屋の二階」を文久三年のことに変えたのだろうか。文久二年に戻せばいいのではないのか。そう考えていたところ、岡本経一氏から、文久二年を時代背景とした「雪達磨」（初出不明）との関連だとご教示をいただいた。「雪達磨」は、新作社版、春陽堂版、現行の光文社文庫などはすべて文久二年である。半七老人は事件をこう語りはじめる。

文久元年の冬には、江戸に一度も雪が降らなかつた。冬中に少しも雪を見ないといふのは、殆ど前代未聞の奇蹟であるかのやうに、江戸の人々が不思議がつて云ひはやしてゐると、その埋合せとでも云ふのか、あくる文久二年の春には、正月の元日から大雪がふり出して、三ケ日の間ふり通した結果は、八百八町を真白に埋めてしまつた。（新作社版）

「湯屋の二階」はうららかな元旦の風景であり、逆に「雪達磨」では大雪である。この描写が同じ文久二年に重なってしまったのである。そして綺堂は「雪達磨」を執筆するとき、当時の天候を確かめたはずである。たとえば『武江年表』には、文久二年の項に、正月元日、雪降り積り、尺に余る（二十日頃迄消えず）。

という記述がある。このように、文久二年の正月は大雪だった。それに対して、文久三年の正月は、

正月暖気、雨雪なし。去歳より所々の梅開く。正月火事少し。

と『武江年表』に記載されている。「雪達磨」は大雪が背景となる話なので、文久二年でなくてはならない。それにひきかえ「湯屋の二階」の記述には雪の気配はない。そこで、綺堂は自分の作品のなかで狂いが生じても、事実に即して文久三年に書き改めたのであろう。綺堂の執筆することに対する姿勢がうかがえるのである。

4、「お化師匠」の書きかえについては第三章の「江戸怪異解半七」で紹介するが、初出、新作社版、春陽堂版、平凡社の『現代大衆文学全集』とすべて年代が異なっている。春陽堂版が底本となり「安政の大地震の前の年」ということで安政元年に確定している。お化け師匠が殺されたことを聞くのが七月十日である。「吉良の脇差」は嘉永六年から語り起こし、翌安政元年七月の九日から十二日までが大詰めとなっている。この年は七月閏だが四萬六千日の参詣が両方の話に入っているので同じ月である。ここまで見てくると、ふたつの話の時期が重なってしまったと言わざるを得ない。さ

すが山田風太郎先生の眼力、脱帽するほかない。

以上、答えらしくなったのは3だけであった。それも岡本経一氏に教えていただいたことのみである。

注

(1) 岸井良衞「半七と半七捕物帳の誕生」(『定本半七捕物帳 第一巻』昭和30・12、早川書房)による。
(2) 「三河萬歳」の初出本文には、吉五郎は「文化二丑年の生れ」と書かれていたが、半七の生年が変更された春陽堂版からは吉五郎の生まれについては記されていない。
(3) 馬場文耕「愚痴拾遺物語」、三田村鳶魚編『未刊随筆百種 第九巻』(昭和52・9、中央公論社)による。
(4) 喜多村信節「きゝのまに〳〵」、三田村鳶魚編『未刊随筆百種 第六巻』(昭和52・3、中央公論社)による。
(5) 大田南畝「半日閑話」、『日本随筆大成 第一期8』(昭和50・8、吉川弘文館)による。
(6) 『歌舞伎年表 第四巻』(昭和34・3、岩波書店)による。
(7) 山田風太郎「半七捕物帳を捕る」は『半身棺桶』(平成3・10、徳間書店)に収録され、現在ではちくま文庫『半身棺桶』(平成29・7)で読むことができる。

第三章　江戸怪異解半七（えどのあやかしとくはハんしち）

「半七捕物帳」で語られる事件は、もちろん人間による犯罪だが、たとえば「雷獣」に見られるようになかば迷信のような考え方がまかりとおっていた時代を背景としているため、怪異譚のおもむきを持つ作品も見受けられる。また典拠を持つものもあるので、いちだんと江戸の雰囲気を味わうことができる。ここでは「半七捕物帳」として発表された作品と「半七聞書帳」として発表された作品から、怪異譚にも感じられる話、あるいは都市伝説のようにも思えそうな話について紹介したい。

「半七捕物帳」

「お化師匠」（大正6・5）

本文の前に、

江戸の岡つ引の神田の半七が何程（どれほど）の腕利であつたかと云ふことは、これまでに紹介した『お文の魂』や『石燈籠』や『勘平の死』や『湯屋の二階』等で大抵お判りになつたこと丶思ひます。今度掲げるのは踊の師匠の家を中心とした些と凄愴いお話です。

という作者の言葉が添えられている。

初出誌で読むと、正月に半七老人から聞いたかたちをとる「湯屋の二階」の翌月に発表されているので、

> 正月以来、私は自分の仕事が忙しいので、半七老人の家へ小半年も無沙汰をして了つた。何だか気になるので、五月の末に無沙汰の詫ながら手紙を出すと、すぐに其返事が来て、来月は氷川様のお祭で強飯でも炊くから遊びに来て呉れとのことであつた。（初出）

という出だしではじまる。それが新作社版になると、「春の雪解」、「猫騒動」、「お化師匠」の順に並べられ、二月に半七老人のもとを訪れる「猫騒動」の次に置かれるため、「お化師匠」は、

> 二月以来、わたしは自分の仕事が忙しいので、半七老人の家へ小半年も無沙汰をしてしまつた。なんだか気になるので、五月の末に無沙汰の詫ながら手紙を出すと……（新作社版）

と書きおこされる。わたしが老人を訪ねる季節は作品の配列にあわせられている。ただ、春陽堂版では初出の順番どおり「湯屋の二階」の次に置かれたため、わたしが半七老人を訪ねた年代は他作品との関連がなくなり、「一月以来（略）、五月の末に」という本文がそのまま残って光文社文庫等の現行流布本に踏襲された。

事件の年代も「湯屋の二階」や「春の雪解」などのつながりで、半七老人は初出、新作社版、春陽堂版とそれぞれ異なった語りをしている（以下引用文の傍線は引用者による）。

あなたは蛇や蝮は嫌ひですか。いや、誰も好な者もありますまいが、蛇と聞くと直に顔の色を変へるやうな人もありますからね。それほどお嫌ひでもなけりやあ、今夜は蛇のお話をしませうよ。過日あなたに話しましたらう。私が湯屋の二階で失敗つた一件を……。丁度その年の七月のことでした。

（初出）

あなたは蛇や蝮は嫌ひですか。いや、誰も好な者はありますまいが、蛇と聞くと直に顔の色を変へるやうな人もありますからね。それほどお嫌ひでもなけりやあ、今夜は蛇のお話をしませうよ。過日あなたに話しましたらう。入谷の寮で花魁が心中した一件を……。丁度その年の七月のことでした。

（新作社版）

あなたは蛇や蝮は嫌ひですか。いや、誰も好な者はありますまいが、蛇と聞くとすぐに顔の色を変へるやうな人もありますからね。それほどお嫌ひでなけりやあ、今夜は蛇のお話をしませうよ。あれはたしか安政の大地震の前の年でした。（春陽堂版）

あなたは蛇や蝮は嫌ひですか。いや、誰も好な者はありますまいが、蛇と聞くと直に顔の色を変へるやうな人もありますからね。それほどお嫌ひでもなけりやあ、今夜は蛇のお話をしませうよ。あれはたしか安政の大コロリの翌年でした。（平凡社『現代大衆文学全集』）

初出は、「湯屋の二階」の年だから文久二（一八六二）年である。新作社版では、入谷の寮で花魁が心中した事件（「春の雪解」をさす）があった年と変更されるので慶応元（一八六五）年のことになる。「お化師匠」が発表された時点では、「湯屋の二階」は文久二年のことであり、「春の雪解」はまだ書かれていない。新作社版では、「春の雪解」は「お化師匠」のふたつ前に位置するよう編纂されている。「過日あなたに話しましたらう」と半七老人がわたしに言うのはそのためである。春陽堂版になると作品の配列も変わり、安政元（一八五四）年のこととして語られることになる。平凡社の『現代大衆文学全集』では、「安政の大コロリの翌年」なので安政六（一八五九）年になる。「諸本紹介」で触れたように、『現代大衆文学全集』は春陽堂版の半年後に刊行されたが、原稿の修正は春陽堂版よりも前だったと考えられ、引用した箇所も「安政の大地震の前の年」で確定した。このように収録される刊本における配列によって、捕物帳と関連する江戸期の事象を取りこむことで年代をあらわしている。

「お化師匠」では、半七が蛇の動きから池鯉鮒の御符売りの蛇だと見ぬいたところで知立（ちりゅう）について語られるが、『東海道名所図会 巻之三』[1]には知立神社の項目がたてられており、「除蝮蛇神札（まむしよけのまもり）」について「別当松智院両社人よりこれを出す遠近これを信じて授かる者多し夏秋の頃山中叢林にこれを懐中すれば蝮蛇迯去るといふ」と記載されている。

また、松本清張が、

わずかにヒントかなと思われるのは「半鐘の怪」（ポウの「モルグ街の殺人事件」の猿）、「お化師匠」（ドイルの「まだら紐」の蛇）あたりだが……

（『岡本綺堂読物選集⑥探偵編』昭和44・10、青蛙房）

という指摘をしているように、「お化師匠」は『シャーロック・ホームズの冒険』の「まだらの紐」をヒントにしたと思われる。

ところで、芝居の「お化師匠」は大正十五年に市村座で上演されたが、綺堂自身による脚本で「勘平の死」に次ぐ二回目の興行である。「勘平の死」のときと同じく半七は六代目菊五郎。歌女寿には梅幸が扮した。このときの劇評も渥美清太郎が『サンデー毎日』（大正15・5・30）に記している。

「半鐘の怪」（大正6・6）

初出時の題名は「半鐘の音」で、平和出版社版『半七捕物帳』収録時に「半鐘の怪」と改題された。

「半七捕物帳」のなかで唯一時代設定がなされていない作品だが、「お照の父」に「猿芝居の猿が火の見の半鐘を撞いて世間を鬧（さはが）した実例は、彼の記憶にまだ新しく残つてゐる」とあることから、慶応元年五月より少し前の時期、それも九月から十月にかけてなので元治元年かあるいはもう一年さかのぼって文久三年というあたりか。ちなみに「お照の父」は出だしの部分は改稿されているが、事件についいて時代設定等に変化はない。また、場所についても「お化師匠の家からあんまり遠くない處」と半七が述べているので、下谷の御成道近辺であろうか。

初出では、半七老人の家を訪ねるのは梅雨時である。掲載誌が六月号であるためだろう。前月号掲載の「お化師匠」を受けて、次のようにはじまる。

久振（ひさしぶり）で半七老人に逢ふと、それがまた病附（やみつき）になつて、私は無暗に老人の話が聴きたくなつた。氷川の祭の後。五六日経つて、わたしは過日の礼ながら赤坂へ訪ねてゆくと、老人は縁側に出て金魚鉢の水を替へてゐた。（初出）

と、氷川の祭りが語られ、季節は梅雨に入っている。この書き出しが新作社版では次のようになる。

半七老人を久振りでたづねたのは、十一月はじめの時雨れかゝつた日であつた。老人は四谷の初酉へ行つたと云つて、かんざしほどの小さい熊手を持つて丁度いま帰つて来たところであつた。
（新作社版）

と半年近くあとの季節になる。新作社版では「津の國屋」の次に置かれている。「津の國屋」の出だしは、新作社版で「秋の宵であつた。どこかで題目太鼓の音がきこえる」と書きかえられたので、それにあわせたのである。しかも十一月の初酉、かんざしほどの小さな熊手を持って帰ってくるという、細部までいきとどいた描写である。

春陽堂版は新作社版の本文のままである。

犯人ならぬ犯猿というのは「モルグ街の殺人」を先蹤とするが、猿芝居で八百屋お七を演じていた猿だったというところに、江戸を舞台にした半七世界ならではのものが感じられる。

「お照の父」（大正7・4）

ここで語られる事件と直接重なる記述ではないが、「猿芝居の猿が火の見の半鐘を撞いて世間を閙（さはが）した実例は、彼の記憶にまだ新しく残つてゐる」と作品のなかで記されていることを見落とすわけにはいかない。事件の年代が唯一書かれていない「半鐘の音」について推定がつけられるからである。

「お照の父」は、新作社版で出だしの部分が加筆されたが、猿芝居についての言及と時代設定については初出から改変されていない。お仙が「猿ぢやありませんかね」と口を挟んでいることも思いうかべなくてはならない。この一言で、「お照の父」は「半鐘の音」との繋がりに立った作品だと言える。「お照の父」が慶応元年の五月のことであり、「半鐘の音」は九月十月の話である。

柴田宵曲は、浪人に河童が襲いかかった話は平秩東作の「怪談老の杖」[2]にあると指摘している（『妖異博物館』昭和38・1、青蛙房）。当該部分を引用すると、

小幡一学といふ浪人ありける、上総之介の末葉なりと聞しが、さもあるべし、人柄よく、小学文などありて、武術も彼是流義極めし男なり、若きとき、小川町辺に食客のやうにてありし頃、桜田へ用事ありて行けるが、日くれて、麴町一丁目の御堀端を帰りぬ、雨つよく降りければ、傘をさし、腕まくりして、小急ぎにいそぎをりけるが、是も十ばかりなりとみゆる小童の、笠もきず先へ立て行を、不便におもひて、わらはに、此傘の中へはへりて行べし、とよびかけけれど、恥かしくや思ひけん、あいさつもせず、くし〳〵となく様にて行けば、いとゞふびんにて、後より傘さしかけ、我が脇の方へ引つけてあゆみながら、小僧はいづ方へ使にゆきしや、さぞこまるべし、いくつになるぞなど、懇にいひけれど、いらゑせず、やゝもすれば、傘をはづれて濡るゝ様なるを、さてばかなる小僧なり、ぬるゝ程に傘の内へはひれ〳〵、と云ひければ、又はひる、とかくして堀のはたへ行ぬるとおぼゆる様にて、さしかけつゝ、此かさの柄をとらへて行べし、さなくては濡るゝものぞなど、我子をいたはる様に云ひけるが、堀のはたにて、彼わらはは、よは腰を両

手にてしつかと取り、無二無三に堀の中へ引こまんとしけるにぞ、扨は妖怪め、ござんなれ、おのれに引こまれて、たまるものかと、金剛力にて引あひけれど、かのわつぱ力まさりしにや、どてを下りに引ゆくに、むかふ下りにて足だまりなければ、すでに堀ぎはの石がけのきはまで引立られしを、南無三宝、河童の食になる事かとかなしくて、心中に氏神を念じて、力を出してつきたをしければ、傘ともに水の中へしづみぬ、命から〴〵はひ上りてけれど、腰たゝぬ程なりければ、壱丁目の方へもどり、駕籠にのりて屋敷へ帰りぬ、夫よりこりはてゝ、其身は勿論、人までも、かの御堀ばたを通る事なかれ、と制しける、是ぞ世上にいふ水虎（かっぱ）なるべし、心得すべき事なりと聞り、

ということである。「怪談老の杖」から取られた話には「一つ目小僧」があり、このふたつの話（「小島屋怪異に逢し話」と「水虎かしらぬ」）はならんで「怪談老の杖」に収められている。そのため「怪談老の杖」が典拠だと考えられるのだが、綺堂はよく似た話を『風俗江戸物語』に収めた「江戸の化物」（大正6・9）で紹介している。そこでは、武士は浪人ではなく幕臣であり、小幡一学とは違う名前でなので、「怪談老の杖」とは異なる文献に拠ったと思われる。以下のとおりである。

徳川の家来に福嶋何某と云ふ武士がありました。或る雨の夜でしたが、虎の門の濠端を歩いて居ました。この濠のところを俗にどん〴〵と云つて溜池の水がどん〴〵と濠に落ちる落口になつ

て居たのですその前を一人の小僧が傘もさゝずに、びしよ〱と雨に濡れながら裾を引摺つて歩いてゐるので、つい見かねて『おい尻を端折つたら何うだ。』と云つてやりましたが、小僧は振向きもしないので、こんどは命令的に『おい、尻をはしよれ。』と云ひましたが、小僧は相変らず知らぬ顔をして居ます。で、つか〱と寄って、後から着物の裾をまくるとぴかつと尻が光つたので、『おのれ』と云ひさま襟に手をかけて、どん〱の中へ投げ込みました。が、あとで若し其れが本当の小僧であつては、可哀想だと思つて、翌日そこへ行つて見ましたが、それらしい死骸も浮いてゐなければ、其様な噂もなかつたので、まつたく獺だつたのだらうと、他に語つたさうです。

という話である。綺堂が紹介している話では、傘ではなく裾をまくってやったところ尻の両方がぴかりと光ったというので「お照の父」にきわめて近い。ただ、綺堂はどこで知ったものかは記していない。「江戸の化物」は「お照の父」より半年前に発表されているので、こちらのほうからの触発だと考えていいだろう。だがじつは綺堂は「河童小僧」（明治35・5）という「江戸の化物」に先行する作品を書いている。この作品については「余話——終章にかえて」で触れることにする。

「猫騒動」（大正7・5）

初出時の題名は「猫婆」。新作社版収録時に「猫騒動」と改題された。出だしで、半七老人の家には小さい三毛猫が飼つてあつた。初春のあたゝかい日に、私がふらりと訪ねてゆくと、老人は南向きの湿縁（ぬれえん）に出て、自分の膝の上にうづくまつてゐる小さい動物の柔かさうな脊を撫でてゐた。　（初出）

と、猫の話題から入っている。半七老人の家の仔猫は「勘平の死」で姿を見せていたが、ここで三毛猫だと紹介される。定位置は「南向きの湿縁」である。このときわたしは半七老人に「這奴（いつ）も今にあゝなつて、猫の恋とかいふ名を付けられて、あなた方の発句の種になるんですよ」と言われることから、わたしは俳諧好きの人物とされる。そのことは「地蔵は踊る」（昭和11・11）にもあらわれる。なお、「猫の恋」は季語である。

「猫婆」を「猫騒動」とすることで、歌舞伎の通称と通じあい、怪異譚のおもむきを響かせたのであろう。柴田宵曲が『妖異博物館』で指摘しているように、『耳嚢』(3)に収められた一話をとりいれて捕物話に仕立てた。該当する話を以下に引用する。

古猫の人に化（ばけ）し物語に付（つき）或人の語りけるは、物は心を静め、百計を尽し候上にて重き事は取計ふべき事也。一般猫の付しといふも有るよし也。駒込辺の同心の母有りしが、悴の同心は昼寝して居たりしに、鰯を売るもの表を呼通りしを、母聞て呼込、いわしの直段（ねだん）を付て片手に銭を持、「此鰯を不残可調間(のこらずととのうべきあいだ)直段をまけ候やう」申けるを、彼いわし売手に持し銭を見、「夫斗(そればかり)にて此いわし不残可売哉。直段をまけ候事は成がたし」と欺き笑ひければ、「不残買べし」といゝさま、右老女以の外憤りしが、面は猫と成り耳元まで口さけて、振上し手の有さま怖しともいわんかた無ければ、鰯売はわつといふて荷物を捨て逃去ぬ。其音に悴起返りみけるに、母の姿全くの猫にてありし故、「さては我母はかの畜生めにとられける、口惜さよ」と、枕元の刀を以て何の苦もなく切殺しぬ。此物音に近所よりも駈付見けるに、猫にてはあらず、母に違ひなし。鰯売も荷物取にかへりける故、右の者にも尋しに、「猫に相違なし」といへども、四枝(しし)共母に相違なければ、是非なく彼悴は自殺せしと也。是は猫のつきたるといふものゝ由。麁忽(そこつ)にせまじきもの也と人の語りぬ。

この話の前にたくさんの猫を飼っているため、まわりの家に迷惑をかけてしまい、しかたなく捨てたところ、みな帰ってきてしまったり、屋根の上で後脚二本で立って歩いている猫が目撃されるなど怪異めいた話が効果的につづられている。『耳嚢』の話では同心とその母親だったところを魚屋と母親に変えているが、母親の顔が猫に見えたため打ち殺したところ、母親だったという話の流れはまったく同じである。

「一つ目小僧」（大正13・7・1）と**「むらさき鯉」**（大正14・8）

初期の「半七捕物帳」と「半七聞書帳」が発表されたのち、それぞれ単行本も刊行されたのちに書かれた作品だが、半七を岡っ引として登場させた怪談風のつくりなので、ここでとりあげてみたい。

・「一つ目小僧」

初出および新作社版では慶応元年の出来事としていたが、春陽堂版以降は嘉永五年とされている。『岡本綺堂日記』の大正十三年六月十八日の項に、

「サンデー毎日」の七月号が来たが、私の作「一つ目小僧」に新講談といふ銘が打つてあるのが不愉快に感じられた。あれはストーリーで、講談ではない。

と記されている。[4]

この話も柴田宵曲が『妖異博物館』で述べているように、「怪談老の杖」[5]のなかの一話が下敷きになっている。「怪談老の杖」の話は以下のとおりである。

四ツ谷の通に小島屋喜右衛門と云人、麻布なる武家方へ鶉を売けるが、代物不足なれば、屋敷にて渡すべしといふに、喜右衛門、幸御近処迄用事あれば、持参すべしとて、鶉を持行けるが、中の口の次に八畳敷の間のある所に、爰にひかへをれとて、鶉をば奥へもち行ぬ、座敷の体も普請

前の家居と見へて、天井、畳の上に雨漏の痕ところ〴〵かびて、敷居、鴨居も、爰かしこさがり、ふすまも破れたる家なり、鶉の代も小判にて払ふ程なりしかば、喜右衛門心の内に、殊の外不勝手らしき家なるが、彼是むづかしく云はずに、金子渡さるればよきがと、きづかひながら、たばこのみ居けり、しかるに、いつの間に来りたるともしらず、十ばかりの小僧、床にかけありし紙表具の掛ものを、上へまきあぐる様にしては、手をはなしてはら〳〵と落し、又はまきあげ、いく度といふ事なくしたり、喜右衛門心に、きのどくなる事かな、かけものなど損じて呵られなば、我等がわざにかづけんもしらず、と目も放さで見て居けるが、あまりに堪(こらへ)かねて、さるわるあがきはせぬものなり、いまに掛もの損じ申べし、といひければ、かの小僧ふり帰りて、だまつて居よ、と云ひけるが、顔を見れば、眼たゞひとつありて、わつといふて倒れ気を失ひけるを、屋敷の者ども驚きて、駕にのせ宿へ送り返し、鶉の代をばあのかたより為持おこされ、そののちも度々使などおくりて心よきやなど、懇に尋られける、その使の者の語りけるは、必ず沙汰ばしし給ふな、こちの家には、壱年の内には、四五度づゝも怪しき事あるなり、此春も、殿の居間に小き禿なほり居て、菓子だんすの菓子を喰ひ居たりしを、奥方の見て、何者ぞ、といはれければ、だまつて居よ、といふて、消てなくなりたりときけり、必だまつて居たまへ、なにもあしき事はせぬ、と語りぬ、喜右衛門は廿日ほどもやみて快気し、其のちは何もかはりたる沙汰なかりけり、其屋敷の名も聞しかど、よからぬ事なれば、憚りてしるさず、という箇所を、事件のきっかけにして捕物帳にしている。「怪談老の杖」の話では喜右衛門を嚇かして鶉を騙しとるということにはなっていないが、一つ目小僧が部屋にやってきて掛け軸を巻き上げては落とすということをして、喜右衛門を嚇かす。「一つ目小僧」ではそういった筋書きを取り入れている。

なお、『嬉遊笑覧』(6) によれば、慶長寛永の頃から鶉を飼うことがはやりだし、江戸中期から盛んに行われたそうである。

> 近年明和安永の頃鶉合の事流行て大諸侯競ひて是を飼ハれける鳥籠ハ金銀を鏤め唐木象牙螺鈿高蒔絵にて皆一雙ツヽに作らせ装束ハ足かけ天幕金襴猩々緋のたくひ用ひさるものなし其会日にハ江戸中鳥好のものハ是また件のことく美を尽しよき鳥をえらひ持出て勝負をなす

こうした風潮が江戸期にあったところから「一つ目小僧」は構想されたと思われる。

・「むらさき鯉」

『講談倶楽部』大正十四年八月号（15巻10号）に掲載された。本号の目次には「怪奇探偵捕物名篇揃ひ」と銘打たれており、まさに夏向きの話である。題名の上に「江戸探偵物語」の角書きがある。大橋月皎の挿絵の女は不気味にして妖艶さを漂わせている。

初出では、半七老人から話を聞いた年代は明記されず「それは秋の雨が……」とぼかされている。

新作社版五冊が刊行されたあとに発表された作品なので、春陽堂版で「それは明治三十一年の十月、秋の雨が」と書き改められた。新作社版までは私が半七老人に出あうのは日露戦争が終わりを告げた頃だったのが、春陽堂版で日清戦争が終わりを告げた頃と書きなおされたことによる。なお、「曾てこの老人から聴かされた『津の國屋』の怪談が思ひ出されるやうな宵のこと」という箇所は変わりがなく、本文及び作品間の前後関係に変化はない。

江戸川のむらさき鯉については『遊歴雑記』[7]に次のような記述がある。

> 東武江戸川（現神田川）といふは、牛込と小日向の間に挟まりて、上は目白下大洗堰に於て白堀上水を分し余水の下流にして、末は船河原橋までの間、川丈長き事凡拾八九町、此間を惣名江戸川といひ来れり、しかれども誠の江戸川と指ところは、小日向中の橋の水上弐町、橋より下弐町、前後四町が間の流を江戸川といえり、
>
> その故は、中の橋の水中は殆深くして、鯉魚夥し、大いなるは橋の上より見る処、弐尺四五寸又は三尺に及ぶもあり、邂逅（たまさか）には、三尺余と覚しき緋鯉も見ゆ、中の橋の前後殊に夥しく、水中只壱面に黒く光り、キラ〱と游ぐものは皆鯉魚なり、おの〱肥太りたる事、丸くして丈みじかきが如し、これをむらさき鯉と称し、風味鯉魚の第一、豊嶋荒川又利根川の鯉、これに継べしとなん、是を紫鯉といふ事は、江戸川といふ名によりて名付、又此処に紫鯉数千万あるが故に、江戸川とは称す、江戸むらさきの由縁によりてなりとぞ、
>
> （『遊歴雑記』初編之下十四）

捕物帳はこうした場所を舞台にしている。そういえば、「お文の魂」で登場した半七は「これは江戸川の若旦那。何をお調べになるんでございます」と呼びかけたのであった。また、女が語る奇怪な話は『雨月物語』の「夢応の鯉魚」を思わせる。

「半七聞書帳」

「三河萬歳」（大正8・1）

『文藝倶楽部』に連載した「半七捕物帳」は「筆屋の娘」（大正7・6）でいったん休止し、翌八年一月から「半七聞書帳」として『文藝倶楽部』の誌面をかざる。第一話「三河萬歳」は次のような書き出しである。

『いつも自分の手柄話ばかりするのが能でもありませんから、今度は他(ひと)の手柄話を些(ちつ)と御吹聴申しませうか。』と、半七老人は云つた。『いつかもお話をしたことがありましたがわたくしの親分で後に養父(やうふ)になつた神田の吉五郎といふ人は、文化二丑年の生れで、文政の末から天保弘化嘉永にかけて三十年ばかりの間が働き盛りで、一生の中には随分好い御捕物をした人でした。酒癖の良くない質でしたが、御用にかけては油断のない男で、今日の詞で云へばまあ職務に熱心とか忠実とか云ふんでせう。昔からのめづらしい捕物の話などをよく調べてゐて、暇のある時には子分の若い者どもに色々話してくれました。吉五郎は横綴の帳面を拵へて置いて、一々丹念に個条書にしてありましたが、慶応二年十一月九日の晩、乗物町から出た火事の時に皆な焼いてしまひました。あれが残つてゐると面白いお話も沢山あつたんですが、今思ふと真実に惜いことをしました。わたくしも養父の真似をして、養父から平常聞かされてゐた話や、自分が見たり聞いたりした話などを、同じやうな帳面に書き留めて置いたんですが、何しろ筆不精な人間ですから養父の半分にも行きませんでした。でも、それだけは幸ひに今でも残つてゐますから、その中から何かお話になりさうな一件を拾ひ出して見ませうか。』

と、捕物帳なるものの説明としていたのである。だが、この書き出しは、「半七聞書帳」を捕物帳にした新作社版で、ほとんどそのまま「熊の死骸」に移された。春陽堂版ではそこからも削除され、現行の流布本では読むことができない。捕物帳については「石燈籠」でもされていたが、ここで火事で焼けてしまったと語られるとおりである。慶応二（一八六六）年十一月九日の乗物町から出た火事というのは、『武江年表』によれば、

夜子半刻、元乗物町の裏家に独住して、日傭に出る新兵衛といふ独身男、沈酔して火を過ちてより、同町は更なり北風にて焼けひろがり、新革屋町、新銀町、蠟燭町、関口町、横大工町、永富町、

皆川町一円、竪大工町、上白壁町、三河町一丁目二丁目三丁目（略）其の余町数合百五十三町なり。諸侯には本多侯、細川侯（略）。長さ延べ二十一町余、幅平均して七町余の類焼也。十日昼時過ぎ、京橋手前にて鎮まれり。焼死怪瑕人多く、倉庫の焼落ちたるは数を知らず。

と記されているほどの大火事で、半七が住む三河町一帯も焼きつくしたのである。綺堂は、三河町がこのとき焼き払われたことを知っていて、半七の住まいを定め、吉五郎が綴った「横綴の帳面」（捕物帳）が焼けたことにしたのであろう。

「三河萬歳」は初出では、天保二（一八三一）年に起きた事件で、吉五郎が二十八歳のときという設定で、まだ半七は生まれていない。新作社版では半七を活躍させるため、文久三（一八六三）年か元治元（一八六四）年に変え、そのまま春陽堂版に引き継がれた。

「槍突き」（大正8・2）

文政年間に実際にあった事件を作品に取り込んでいるので、事件の年代に書きかえはない。そこに七兵衛という岡っ引を活躍させたものである。初出時の半七の生年ではまだ生まれていない時期であり、のちに半七の生年を書きかえた年代でも活躍はできそうにない。そのため七兵衛のままで変更はない。ただし「私」が半七老人と出会った時期の違いが各版の本文にあらわれているので、出だしの部分を以下に記す。

『これも養父(おやぢ)の話ですがね。』と、半七老人は云つた。『尤も養父が自分で手を着けた事件ぢやありません。養父も又聞きなんですから、それは最切(ママ)にお断り申して置きます。御承知かも知れませんが、文化三丙寅年の正月の末頃から江戸では槍突きといふ悪いことが流行りました。暗黒(くらやみ)から槍を持つた奴が不意に飛び出して来て、往来の人間を無暗(むやみ)に突くんです。（初出）

明治三十六年の春の新聞をみたことのある人たちは記臆(ママ)してゐるであらう。麹町の番町に有名な臂肉斬事件といふのがあつた。十二三歳の少年が暗い夜に近所まで買物に出て、なに者かに臂肉を斬り取られて死んだのである。その犯人は遂にわからなかつた。なんのために少年の臂肉を斬り取つたか、それについても色々の想像説が伝へられたが、結局要領を得ずに終つた。その当時のことである。わたしが半七老人をたづねると、老人も新聞の記事でこの奇怪な残忍な犯罪事件を知つてゐた。（新作社版）

明治廿五年の春ごろの新聞をみたことのある人たちは記憶してゐるであらう。麹町の番町をはじめ、本郷、小石川、牛込などの山の手辺で、夜中に通行の女の顔を切るのが流行つた。若い婦人が鼻をそがれたり、頰を切られたりするのである。幸ひに二月三月で止んだが、その犯人は遂に捕はれずに終つた。

その当時のことである。わたしが半七老人をたづねると、老人も新聞の記事でこの残忍な犯罪事件を知つてゐた。　（春陽堂版）

初出では、半七老人が文化年間の事件を語りだすが、新作社版、春陽堂版ともに明治期におきた犯罪を枕に使っている。枕となる話は新作社版と春陽堂版とでは十一年の開きがある。半七捕物帳の第一話が大正六年に発表されたとき、半七は元治元年に三十前後の年齢で、わたしが半七に出会ったのは日露戦争の終わりごろとされていた。したがって新作社版の「槍突き」の本文は最初に発表された年代設定に忠実である。春陽堂版のように「明治廿五年の春ごろ」新聞をにぎわしていた時期に、半七老人を訪れるわけにはいかない。のちに春陽堂版では、「お文の魂」を書き直し、「槍突き」をはじめとする他の捕り物話もその年代にあわせた。

「槍突き」は、文化三（一八〇六）年一月の末頃から槍で人を突くことがはやったが、下手人は捕まらないまま沙汰やみになり、文政八（一八二五）年になって再び似た事件が頻発したことが発端となる。文化三年の件は『街談文々集要』[8]には「文化三丙寅正月末より、夜分往来の盲人・乞食・ゐざりの類を鎗にて突殺す事ありて、二月中頃より甚しく、三月初の頃少し此沙汰やみたるに」と書き起こされ、広右衛門なる者が四月十八日に召捕られ、二十三日に御仕置になった、ところがその御仕置になった夜に、御蔵前西福寺門前で人が突かれ、五月には十八歳になる盲人が出刃包丁で突き殺され、のち牛込で四方髪祐甫という元剣術の師匠が召捕られたと記されている。『街談文々集要』には、このときに詠まれた落首が紹介されている。

春の夜のやみはあぶなしやり梅の
　さきこそみへね人はつかるゝ
月よしといへども月にハつかぬなり
　やみとハいへどやまぬやり沙汰
やミにつき月夜につきの出ざるハ
　やりはなしなるうき世也けり

三首のうち、はじめの二首が「半七聞書帳」のなかで半七老人によって語られている。文化三年の槍突きの件については、『武江年表』の喜多村筠庭によって増補された箇所と「きゝのまに〳〵」とにほぼ同様の記載がある。『武江年表』から引用すると、

十二月二十七日、御触火の用心云々。且つ近頃盲人、按摩、非人の類(9)へ疵付け、逃去り候者度々之有り云々、追々申渡す趣を以て、夜廻り厳重に致し心を付け、少も疑敷類は召捕へ差出す可く候。坊間落書、

突々と樽屋大茂が思ひつく上はけちつく下はいきつく

又将棊経に擬して
　金上る銀下る、ひ下るやりをつく、角なるつまる

とあって、時期も落首も「半七聞書帳」の話とは異なる。「槍突き」は『街談文々集要』の記事のほうが近い。「半七聞書帳」は、この文化三年の事件を話の枕に使い、文政八年に再び起った槍突きを本筋において描いている。『武江年表』の文政八年の項を見ると、

○夏より秋に至り、刃を以て人を威す盗賊行はる（町中夜番繁し。やがてしづまる）。
○五月二十六日、浄るり語り清元延寿斎死す（清元姓の元祖なり。延寿の名は二代目也）。

と、賊と延寿斎の死とが単に並べられているだけである。いっぽう「きゝのまに〳〵」[10]には、

○五月廿六日、浄るり語清元延寿斎死、乗物町河岸ニて刃にて突かれたりと云、延寿の名ハ二世なれど、清元と一派になりし祖なり、其由しれず、此頃沙汰ある賊の所為か、夏より秋かけて刃物持てありく盗賊有、町々夜番繁かりしかば賊のさた止む、

とあるように、清元延寿斎が乗物町河岸で突き殺されたと記され、この頃頻発していた槍突きによる

ものかと推測されている。それが「半七聞書帳」では、次のように語られることになる。

……文政八年の夏から秋へかけて、再びそれが流行出して、初代の清元延寿太夫も堀江町の和国橋の際で、駕籠の外から突かれて死ました。富本をぬけて一派を樹てたくらゐの人ですから、誰かの妬みだらうといふ噂もありましたが、実は何にも仔細はないので、矢はり其の槍突きに遣られて了つたんです。

清元延寿斎が乗物町河岸で殺されたことを、たくみに物語に取り込んでいる。堀江町は和国橋の西側であり、和国橋の東側が新材木町で、その隣が新乗物町である。「きゝのまに〳〵」において、いつのまにか「賊のさた止」んだため捕えることができなかったと記されているところに、「聞書帳」では岡っ引の七兵衛を活躍させた。しかもこのときの下手人である猟師の作兵衛は、文化三年に槍突きで人を殺していた男の弟だという設定である。兄の作右衛門は捕まらなかったが、故郷で死んでいたことが判明したので、七兵衛は両方の事件を見事に解明することになった。このように実際にあったふたつの事件を作品に使っているために、初出の「半七聞書帳」を改稿するにあたって、文化文政年間から半七が活躍する年代に移行させるわけにはいかない。登場する岡っ引が七兵衛のままの所以である。

「人形使ひ」（大正8・3）

「人形使ひ」という題名は、単行本『半七聞書帳』に収められたときに「人形の怪」と変更されたが、新作社版で「人形使ひ」に戻された。

初出は聞書帳として発表されたので、活躍する岡っ引は半七ではなく、池の端の上總屋次郎吉である。初出本文では、半七老人は『これも自分の係り合つた事件でないので、年代は確実に覚えてゐませんが、操りの芝居が猿若町から神田筋違外の加賀原へ引移る少し前だと思つてゐますから、何でも安政の末年でしたらう。』と語り起こす。その後の書き直しでは、半七が係わることにしたほかは変更はない。聞書帳のかたちにすることで、時代が異なる場合のみならず、半七の縄張りでない場所を取りこむことができた。

人形同士が争うという話は、柴田宵曲が『妖異博物館』で指摘しているように「宮川舎漫筆」[11]の「精心込れば魂入」の項にある。

愚息の友なる下河辺氏、ある人形遣の人形を一箱預り置し処、其夜人静まりし頃、其箱の内冷じくなりしかば、鼠にても入りしなるべしとて、燈火を点じ改め見しところ、ねづみのいりし様子もなき故、臥床に戻りいねんとせしに、又々箱の中にて打合音など再々ありしかば、其事を持主にはなせし処、夫は遣ひ人の精心籠りし人形ゆへ、いつとても左の如く珍しからず。右故若敵役の人形と実役の人形をひとつに入置時は、其人形喰合ふて微塵になるといえり。実に精心のこもりし処なるべし。

実役と敵役の人形が互いに争うという話を取りいれ、使い手同士の諍いという状況を引きだしたところで、「人形使ひ」という捕物話に仕組んでいる。

「張子の虎」（大正9・4）

舞台は品川である。それも遊廓。吉原が「北国」あるいは「北廓」と呼ばれるのに対し、品川は「なんしゅ」と呼ばれたそうである。神田の半七の縄張外であるが、初出では天保五（一八三四）年のことで、ちょうど半七が生まれた頃の事件である。場所も年代も半七には立ちあえないので、伊豆屋の弥平という高輪を縄張に持つ岡っ引が活躍する。それを新作社版では半七に変え、年代も半七にあわせて文久二（一八六二）年に変更した。場所はそのままで品川遊廓。新作社版第二輯のはしがきが生きてきたわけである。整理すると、この事件の発端となるお駒の手柄は天保三（一八三二）年、殺されるのは天保五年であった。新作社版から半七が活躍する話にかわり、発端の話は万延元（一八六〇）年の十月、お駒が殺されるのは文久二年のことに変えられる。以降の版は新作社版の本文と同じである。なお、初出の伊豆屋の弥平のときも、半七に変わってからの上役も八丁堀同心室積藤四郎である。

新作社版から一行目に「四月のはじめに、わたしは赤坂をたづねた。」という一文が書き加えられ、半七老人とわたしとが花見の様子を話す流れを作り出している。初出誌は四月号だったため初出時には書く必要がなかったのであろう。本号の表紙は「猫の恋」であった。

綺堂は、のちに「おさだの仇討」（『改造』昭和3・1）として芝居に仕組んでいる。

「あま酒売」（大正9・5）

初出時の題名は「甘酒売」。単行本『半七聞書帳』に収録するときに「あま酒売」の表記にした。単行本では本文の書きかえはないが、新作社版、春陽堂版でそれぞれ時代が変えられている。

初出時の本文は次のように語りおこされている。

『文政元年の三月、御承知の通り此年は四月廿二日に年号が代つたんですから、まだ文化十五年の分かも知れませんが、その正月から三月にかけて可怪（おかし）なことを云ひ触らす者が出来たんです』と、半七老人は云つた。『それは何ういふ事件かと云ふと、毎日暮六つ——俗にいふ、『逢魔が時』の刻限から、一人の婆さんが甘酒を売りに出た。女のことですから天秤をかつぐのぢやありません、穢い風呂敷につゝんだ箱を肩に引つかけて、あま酒の固錬（かたねり）と云つて売り歩く。それだけならば別に不思議はないんですが、この婆さんは決して昼間は出て来ない。いつでも日が暮れて、寺々の夕六つの鐘が鳴り出すと、丁度それを合図のやうに何処からかふら〳〵と出て来る。いや、それだけならまだ不思議といふ段にはならないんですが、迂闊（うつかり）その婆さんのそばへ寄ると屹と病人になつて、軽いのでも七日や十日は寝る。ひどいのは死んでしまふ。実におそろしい話です。

時代が文政元（一八一八）年なので、天保生まれの半七では影もかたちもあらわれるはずがない。登場するのは本所の伊兵衛という岡っ引である。新作社版で、文久二（一八六二）年に変えられ、半七が捕物をすることになる。春陽堂版ではもう一度書き直され、安政四（一八五七）年という設定にされる。文久年間、安政年間なら半七が捕物に立ち会うことができる。

この出だしの話は、「きゝのまに〳〵」[12]には、

又云、京に四月始より、上下の家ニ上酒有といふ三字、紙に書て、門戸に押はるは、此頃怪敷うば酒売にありく、その者門に至りても家内疫を承との事也、をりしも江戸の太田博士、都にのぼりて、をる所の門に押たるは、有酒如池、有肉如坡、謹謝妖婆、勿過我家、後に聞ば、難波よりいひ伝へし事にて、難波にては其うば来る家必瘟をやむとて、小児ある家は彼の三字を赤紙に書たりとぞ、江戸には文政元年三月頃、醴をうる老婆ありく、是にあへば疫をやむといへりき、

という記述がある。初出の「甘酒売」は「きゝのまに〳〵」のとおり「文政元年」だったわけで、綺堂はじっさいに流れた風聞をまくらに使って「半七聞書帳」の世界を構築したのである。さらに、半七を岡っ引として活躍させるため、「きゝのまに〳〵」に記された都市伝説の年代から離れたのであった。

「熊の死骸」（大正9・8）

初出本文では、岡っ引は「三河萬歳」につづいて「文化二丑年の生れ」と紹介される吉五郎である。鷽替えで亀戸に出向いたところ青山で火事だという知らせをうける。そこで三田に駆け付け、さらに高輪に向かった。


『馬鹿に火の手が早く廻つたな。やい、徳。これぢやあ仕様がねえ。今度は高輪へ行け。』

『伊豆屋へ見舞（みまひ）に行くんですか。』と、徳次は云つた。

『この分ぢやあ見舞（みめえ）の挨拶ぐらゐぢや済むめえ。火の粉をかぶつて働かなけりやなるめえよ。』

高輪の伊豆屋弥平——張子の虎の捕物で、読者も彼の名を記憶してゐるであらう。（初出）

と、吉五郎と手下の徳次との会話があり、伊豆屋の弥平の名が出てくる。「張子の虎」で高輪を縄張とする親分である。だが、「張子の虎」が書きかえられると、このままの文章では通らなくなる。新作社版では、吉五郎と徳次の会話はそのままで、次の地の文が、「高輪の伊豆屋弥平はおなじ仲間であるから、吉五郎はそこへ見舞にゆく積りで……」と修正されている。春陽堂版で半七の捕物話にしているので、この修正箇所を「高輪の伊豆屋弥平はおなじ仲間であるから、半七はそこへ見舞にゆく積りで……」と改めた。事件が起きた年代は、じっさいに起こった青山権太原の火事を背景にしているので初出から変更はない。発端は弘化二（一八四五）年一月二十四日昼の八ツ過ぎに起きた大火事に、熊が突然現れたことであった。『武江年表』によれば、

> 正月二十四日、北大風砂石を飛ばす。昼八時過ぎ、青山権太原続三軒屋町武家地より出火して、一時に焼けひろがり或ひは飛火して、麻布三軒家、一本松、鳥居坂辺、六本木、龍土、市兵衛町、桜田町、永坂辺、広尾、白金魚藍観音大信寺の辺、二本榎、伊皿子、猿町、高輪幷びに田町等焼亡して海手に至る。夜に入り狸穴三田の新網町の辺焼亡、戌下刻鎮まる。武家寺社数を知らず、町数百二十六箇町、焼死怪我人或ひは海辺の者前後の火に包まれ、海中に入り溺れ、死するものを合はせて幾百人といふ事を知らず。赤羽橋の側に御救の小屋を建て、類焼の貧民を育せらる（此の夜何れの家よりのがれ出けん、荒熊一疋人込の中を狂ひ走りて、某侯の藩内へ逃入しを、家臣何某父子二人にて仕留たり。……）

という記述があり、大火事のさなかに熊が出現したことをそのまま事件に取りこんだのである。のちの「三つの声」（大正15・1）で弥平の息子の手下という伊豆屋の妻吉が登場するが、初出本文で「張子の虎」を読んでいると、馴染みもあるうえ、天保五（一八三四）年から元治元（一八六四）年と三十年の開きで、高輪を縄張とする伊豆屋も息子の代に変わったと納得される。

「半七聞書帳」から「三河萬歳」「槍突き」「人形使ひ」「張子の虎」「あま酒売」「熊の死骸」について述べてきたが、このように並べると「三河萬歳」で半七老人が「いつも自分の手柄話ばかりするのが能でもありませんから、今度は他の手柄話を些と御吹聴申しませうか」と言って語りはじめたことに得心がいく。あきらかに縄張外の事件である「張子の虎」も天保年間生まれの半七では年代でも係りあえない。伊豆屋の弥平という岡っ引を登場させる。「張子の虎」の十一年後に「熊の死骸」の事件が起きる。これは吉五郎が立ちあうのだが、高輪に向かうことで伊豆屋の弥平を見舞うという流れをつくっている。「槍突き」も「熊の死骸」同様、じっさいに起きた事件を取り込んでいるので、半七には立ちあうことができない。「半七聞書帳」はそのように作られている。それまでの「半七捕物帳」では縄張や年代の制約から逃れることができなかったため、「聞書帳」を編みだしたのであろう。「三河萬歳」の前に「踊の浚ひ」と「化銀杏」が発表されている。この二篇は初出では半七老人が語る「聞書帳」の形式である。『文藝倶楽部』ではない発表誌だったことも「半七捕物帳」とうたわなかった理由のひとつかもしれないが、綺堂は半七の縄張を外れたところや年代もさかのぼったところの事件も取りいれたかったのではないだろうか。

「半七捕物帳の思ひ出」（昭和2・8）から

綺堂は「半七捕物帳の思ひ出」のなかで次のように述べている。

そのころ私はコナン・ドイルのシヤアロツク・ホームスを飛び〳〵には読んでゐたが、全部を通読したことが無いので、丸善へ行つた序でに、シヤアロツク・ホームスのアドヴヱンチユアとメモヤーとレターンの三種を買つて来て、一気に引きつゞいて三冊を読み終ると、探偵物語に対する興味が油然と湧き起つて、自分もなにか探偵物語を書いてみようといふ気になつたのです。

このようにドイルのシャーロック・ホームズに刺激を受けたというのだが、あからさまに翻案したわけではないようである。たとえば綺堂には「玉藻の前」（大正6・11〜7・9）という小説がある。ご存じ「殺生石」の世界である。[13] だが、じつは「殺生石」ばかりではなく、ゴーチェの「クラリモンド」が下敷きになっている。このことは東雅夫が明かしているが、あらためて読みくらべないとわからないほどに消化している。おそらくドイルについても気づかれないような翻案があると思われるが、先に記した「お化師匠」（大正6・5）の他には「向島の寮」（大正8・3）について気がついた程度である。

その「向島の寮」について記すと、「シャーロック・ホームズの冒険」の「椈屋敷（ぶな）」をヒントにしていると思われる。「椈屋敷」では家庭教師を雇うところを「向島の寮」では奉公人にしている。彼女が言いくるめられて結果的に世話をすることになるのは閉じ込められている娘である。それを取りまく寮番夫婦といった人物配置もよく似ている。「椈屋敷」では覗く男を安心させるために雇うのだが、その身がわりを務めさせられるところは「半七捕物帳」の別の一話「奥女中」（大正6・7）になった。つまり綺堂は「椈屋敷」に触発されて、「向島の寮」と「奥女中」を書いたと考えられる。

注

（1）『東海道名所図会 上』（明治43・5、吉川弘文館）による。
（2）平秩東作「怪談老の杖」、『新燕石十種』第五巻（昭和56・9、中央公論社）による。
（3）『耳嚢（上）』（平成3・1、平成6・7第8刷、岩波文庫）による。
（4）平成二十八年の明治古典会第51回（七夕古書大入札会）の目録（平成28・7、明治古典会）によると、「一つ目小僧」の原稿が出品されていた。入札方式のため入手できそうもないと諦めたが、目録には一枚目が写真版で掲載されている。そこには、「一つ目小僧」という題名の右上に「新講談」という文字が記されている。他の製版に関する指示と同じ文字なので、綺堂の手によるものではないが、校正のとき綺堂は見なかったのか気になるところである。
（5）「怪談老の杖」注（2）に同じ。
（6）喜多村信節『嬉遊笑覧（下巻）』（昭和49・5、名著刊行会）による。
（7）平凡社東洋文庫『遊歴雑記初編2』（平成1・7、平凡社）による。
（8）石塚豊芥子『近世庶民生活史料 街談文々集要』（平成5・11、三一書房）による。
（9）平凡社『増訂武江年表2』には「顔」とあるが、江戸叢書ほかの『増訂武江年表』では「類」とある。ここでは江戸叢書および国書刊行会の活字本にしたがった。
（10）喜多村信節「きゝのまに〳〵」、三田村鳶魚編『未刊随筆百種 第六巻』（昭和52・3、中央公論社）
（11）宮川政運「宮川舎漫筆」、『日本随筆大成 第一期第十六巻』（平成6・1、吉川弘文館）による。
（12）「きゝのまに〳〵」注（10）に同じ。

（13）「玉藻の前」は「玉藻前化粧姿見」や「絵本三国妖婦伝」などで知られた話である。その「三国妖婦伝」について「遺稿　岡本綺堂年譜」（『舞台』昭和14・5）で次のように触れている。綺堂が生まれた借家は、

……高井蘭山の旧宅で、維新当時はその孫にあたる人が所有してゐたのであるといふ。蘭山は旧幕府の与力で、彼の三国妖婦伝や星月夜顕晦録等の著者である。こゝに明治六年まであしかけ五年住んでゐる間に……

と書かれているように、綺堂が生まれた高輪泉岳寺の家は高井蘭山の旧宅であった。この家について岡本経一は『綺堂年代記』でこのように補っている。

その借家の有様を綺堂は小説「穴」に詳しく描写してゐる。家も荒れ果てゝゐるし、附近にも淋れた空地や樹木の茂つた小山があつたりして、種々の獣も襲つて来たらしい。

といった有様であった。殺生石については様々なかたちで伝承されているが、「三国妖婦伝」の著者である蘭山の旧宅で生まれたということで、綺堂には大きく意識されたのではないだろうか。その「三国妖婦伝」あるいは「三国妖狐伝」の世界をかりて「クラリモンド」の人物配置を生かしたのである。「玉藻の前」が「クラリモンド」を下敷きにしていることは、東雅夫が『伝奇ノ匣2　岡本綺堂　妖術伝奇集』（平成14・3　学研M文庫）で解説している。この『伝奇ノ匣2』には「玉藻の前」とともに　綺堂訳「クラリモンド」も収録している。

第四章　江戸残党後日俤

「女行者」の改稿について

半七老人は芝居好きだと、しばしば語り手は語る。また聞いている捕物話自体が芝居がかりだとも述べている。たとえば、「勘平の死」（大正6・3）は素人芝居で「仮名手本忠臣蔵」の六段目を演ずる話だから言うまでもあるまい。「春の雪解」（大正7・2）は「忍逢春雪解」（「天衣紛上野初花」）について語っているばかりでなく、題名もそこからつけたものである。「女行者」[1]では「天一坊」（「扇音々大岡政談」）と「櫻姫東文章」とが冒頭で語られ、それらの芝居をきっかけとして捕物話に移っていく。「正雪の絵馬」（昭和9・12）では、半七老人が塚原渋柿園の新聞連載小説「由井正雪」（『東京日日新聞』明治30・9・28〜31・7・23）を読んでいるところに「わたし」が来合わせ、そこから「正雪の絵馬」に話が発展するという作りになっている。「妖狐伝」（昭和10・2）では、場所の設定を歌舞伎で有名な鈴ヶ森にしているが、綺堂が「幡随長兵衛」（昭和10・6、7、12）という戯曲を執筆していることを見逃すわけにはいかない。「新カチカチ山」（昭和10・3）のように見てきたばかりの「馬盥の光秀」について語っているところで、次の歌舞伎座の出し物に話題が転じ、「神霊矢口渡」から似たような事件を思い出すというものもある。「唐人飴」（昭和10・4）は宮芝居に「国姓爺合戦」がかかっていることになっているし、「青山の仇討」（昭和10・9）では半七老人が「東山桜荘子」から捕物話を語りだすといった具合である。「吉良の脇差」（昭和10・10）は当然「仮名手本忠臣蔵」からのつながりで語られることになる。話の中で芝居が語られていないものでも、「奥女中」（大正6・7）のように「六歌仙和略風俗（ろくかせんやわらぐふうぞく）」の中の段の名をとったものや、「猫騒動」（大正7・5）や「小女郎狐」（大正9・6）、「弁天娘」（大正12・6）のように、通称として馴染まれている題名をつけたものもある。「猫騒動」はまさに初出題の「猫婆」から芝居の通称に変えているではないか。このことで「鍋島の猫騒動」を想起させ、化け猫話を読者に予期させることになった。また「津の國屋」（大正9・6〜9・8）は、題名から実録物として残されている津の國屋藤兵衛を思い起こさせる。

このように列記してみるとあることに気づく。大正期に書かれた半七物は題名が作品世界を暗示しているのに対し、昭和九年頃からの作品では半七老人が芝居そのものを語り、過去の事件へといざなっているのだ。

こういったことについては縄田一男（『捕物帳の系譜』）が指摘している。また折にふれ『半七捕物帳』を読み返すという都筑道夫は、「春の雪解」がもっともすぐれていると述べているので、まず都筑の言に耳を傾けよう。

雪の入谷田圃を背景に、蕎麦屋で按摩と話をする、というところが、「天保六花撰」の片岡直次郎と、按摩の丈賀のであいを思わせる。情緒にとんだ幕あきで、三千歳のような出養生の花魁が、話の中心になってくる。

（『推理作家の出来るまで（下巻）』平成12・12、フリースタイル）

と、いかに重なりあっているかを解いた。なるほど雪の入谷田圃である。蕎麦屋で徳寿と話をしている。半七老人が言う清元の外題は「忍逢春雪解」である。都筑道夫は「按摩の丈賀」と記しているが、半七老人は「松助の丈賀のやうな按摩」と述べている。「春の雪解」が最初に書かれたときの設定では、半七老人と出会うのは日露戦争が終わりを告げたころである。「松助の丈賀」とことわりを入れるのであれば、直次郎は五代目菊五郎ということになる。五代目と松助の組み合わせである。『歌舞伎年表』(2)にあたると、明治三十三年に歌舞伎座で演じられた芝居がまさに「忍逢春雪解」、松助の丈賀、菊五郎が直侍である。(3)

のち大正四年に六代目菊五郎が「上野初花」（二月市村座）で、翌五年に「雪暮夜入谷畦道（ゆきのゆふべいりやのあぜみち）」（三月帝国劇場）で直次郎を演じている。この五年の帝劇のとき、丈賀を演じていたのが松助であった（『演劇界別冊　六代目尾上菊五郎』平成11・5）。半七老人は明治三十三年の芝居を念頭に置いて語っているのだが、「半七捕物帳」の「春の雪解」が大正七年に発表されていることから、捕物帳の読者のなかには大正五年の芝居が浮かぶ人もいると思いつつ綺堂は書いたのではないだろうか。そういう思いにかられてしまうのである。
縄田一男は『半七捕物帳』と芝居との関連について、都筑とは異なった視点から述べている。縄田の文中には「女行者」からの引用も含まれ、長い引用になるが、多くのことを教わりつつ発展させていくためご容赦願いたい。

前期『半七捕物帳』でも、第三話「勘平の死」が、忠臣蔵の素人芝居の最中に起こった殺人を扱っていたり、第九話「春の雪解」の冒頭で「あなたはお芝居が好きだから、河内山の狂言を御存知でせう」と半七が話しはじめるように、事件の筋や登場人物を芝居に見立てて説明する箇所が随分あった。後の作者の言を借りれば、これすべて「読者もすでに御承知の通り、半七老人の話はとかくに芝居がかりである」（第六十話「青山の仇討」）という言葉に収斂されるのであろう。
ところが、このような趣向や見立て以外のところで芝居に関する言及のあるのが、第二十六話「女行者」である。この作品の冒頭において、〝わたし〟は芝居見物にやって来た半七とばったり出くわすのだが、時は明治三十二年秋、所は明治座、出しものは「天一坊」、初代左團次の大岡越前守、権十郎の山内伊賀之助、小團次の天一坊という配役であったと記されている。そして、二、三日後、赤坂の隠居所へ半七を訪ねていった〝わたし〟が聞かされた劇評は、
わたしの予想通り、老人はなか〳〵の見巧者であつた。かれはこの狂言の書きおろしを知つてゐた。それは明治八年の春、はじめて守田座で上演されたもので、彦三郎の越前守、左

團次の伊賀之助、菊五郎の天一坊、いづれも役者ぞろひの大出来であつたなどと話した。というもので、さらに半七の、

「――今日までたび〳〵舞台に乗つてゐるわけですが、やつぱり書きおろしが一番よかつたやうですな。いや、こんなことを云ふから年寄りはいつまでも憎まれる。はゝゝゝゝ。」

という言葉でしめくくられている。

そして、ここで注目していただきたいのは、半七が見たという、明治八年、守田座（新富座）の「天一坊」（大岡政談）のことである。すでに本書の第一章でも触れたように、この守田座の「天一坊」は、綺堂は「何の記憶も残つてゐない」というものの、母に連れられて、「兎もかくも私がこの世に生まれ出でてから劇場内の空気を呼吸した始め」（『歌舞伎往来』）の三歳の折に見たはずの芝居で、後に「因縁がある」とも「なんとなく懐しい」とも述懐しているところの狂言なのだ。

そして、綺堂自身の「この狂言だけに就て云へば、黙阿弥の作中でも屈指の佳作であるやうに思はれる」という評価が、前述の「やつぱり書きおろしが――」という半七の台詞につながるわけで、ここで綺堂は、半七という、自分より一世代前の人物の〈記憶〉をつくり上げることによって、まったく憶えていない芝居の素晴らしさを夢想している。換言すれば、半七は綺堂が持っていない〈記憶〉を、しっかり脳裏に刻み込んでいる古老として描かれているわけである。

ところが、後期『半七捕物帳』になると、無論、こうした傾向はあるものの、半七の劇評は、綺堂さながらに明治の演劇の同時代評の様相を呈してくる。

それが良く分かるのが、第五十三話「新カチカチ山」と、第六十話「青山の仇討」の冒頭部分である。（『捕物帳の系譜』平成7・4、新潮社）

縄田の指摘で重要なのは、「女行者」で半七と私を芝居見物で出会わせ、半七老人に劇評を語らせていることと、後期『半七捕物帳』では同時代評の様相を呈してくるという二点である。ただ、氏は「女行者」の発表された時期と、改稿されたことに留意していないので、本稿ではこの縄田の意見に導かれつつ、作品の発表年代と「女行者」の改稿により、なぜ明治の演劇をリアルタイムで語れるようになったかを明らかにしたい。

縄田一男が読んだのは、第何話という順番と引用文とその表記のしかたから早川書房版の『定本半七捕物帳』だと思われる。氏が引用する芝居話は初出の「女行者」の本文には出てこない。「女行者」は題名の上に「捕物奇談」という角書が付されて『面白倶楽部』大正十三年一月号に発表された。挿絵は大橋月皎が担当している。

初出本文はK老人という呼び方をしたあとで、日野の息女の話が「桜姫」の芝居になったということを枕に話を始め、「K老人は其名を半七と云つて」と本筋に進めていく。それが大正十三年に刊行された新作社版では、「明治三十二年の秋とおぼえてゐる。わたしが久松町の明治座を見物にゆくと、廊下で半七老人に出逢つた。」という出だしに変わり、天一坊についての芝居話が書き加えられる。縄田も引用しているため、重なってしまうが、そのあとにつづく論旨のためである。それについてもご寛恕願いたい。

わたしの方から声をかけると、老人も笑つて会釈した。そこはほんの立話で別れたが、それから二三日過ぎてわたしは赤坂の家をたづねた。半七老人の劇評を聴かうと思つたからである。そのときの狂言は『天一坊』の通しで、先代左團次の大岡越前守、権十郎の山内伊賀之助、小團次の天一坊といふ役割であつた。

わたしの予想通り、老人はなか〳〵の見巧者であつた。かれはこの狂言の書きおろしを知つてゐた。それは明治八年の春、はじめて守田座で上演されたもので、彦三郎の越前守、左團次の伊賀之助、菊五郎の天一坊、いづれも役者ぞろひの大出来であつたなどと話した。

（『半七捕物帳 第四輯』大正13・5、新作社）

このように「天一坊」の話から半七老人による芝居話が語られる。半七老人が見た「天一坊」の初演とは、後述するが明治八年一月の『扇音々大岡政談』で、綺堂がはじめて劇場に連れて行かれたときの狂言である。[4]

ところが新作社版は、第一輯の「お文の魂」で「私が半七に初めて逢つたのは、それから廿年の後で、恰も日露戦争が終りを告げた頃であつた」と初出どおりなので、「女行者」の加筆は矛盾することになった。「日露戦争が終りを告げた頃」に「初めて」出会ったのなら、「明治三十二年の秋」に明治座で会うはずがない。私と半七老人が初めて出会った時期と半七が生まれた年とが修正される必要が起こった。

その修正は春陽堂版（昭和4・1）の「お文の魂」で行われた。半七の生年と、私と半七とが出会った時期を変えたことで、「女行者」に書かれた「明治三十二年」は矛盾しなくなり、「女行者」の本文は新作社版以降現行の流布本まで変わりがない。

「半七捕物帳」のなかでしばしば芝居について語られるが、明治座の「天一坊」について語るようにじっさいに何の役をどの役者が演じて、と目の当たりにするように語るのは、新作社版で加筆した「女行者」からである。さきほど「春の雪解」で「松助の丈賀のやうな按摩」について触れたが、綺堂はまだ松助の演じ方について述べるわけではなく、飽くまでも徳寿の形容に用いたのである。ではあるが、震災前の「半七捕物帳」のなかで明治期の歌舞伎について唯一役者と役柄を語らせた箇所である。

菊五郎が踊る　團十郎が見得を切る

「女行者」が発表されたのは大正十三年だが、執筆されたのは大正十二年八月のことである。『岡本綺堂日記』（昭和62・12、青蛙房）[5]には、八月五日の項に、「「面白倶楽部」の原稿をかく。六月中に五枚ほど書きかけたるを更に書きつゞけて、午前中に四枚」と記され、十二日には「十一時ごろまでに

「面白倶楽部」の原稿をかく。あはせて四十二枚、題は「女行者」といふ」ということであった。十四日に「「女行者」の原稿を速達便にて面白倶楽部に郵送」している。

翌月、綺堂は関東大震災に遭う。つまり、「女行者」は震災前に書きあがり、出版社に送付され、翌年の『面白倶楽部』一月号に掲載されたのである。

この間の経緯と被災したとき様子が日記に残されている。

九月一日（土曜）雨、晴

午前六時半起床。東南の風強く、雨をり〳〵に烈しく降り来る。下座敷に降りて執筆。十時ごろに国書刊行会の広谷君来りて、一時間ほど語る。十一時半ごろに昼餐。

十一時五十八分烈震、おどろいて門外に逃げ出づ。（次、二行アキ・引用者注）

この後の記事混雑の際とて、一々記憶せず、たとひ記憶に存するとも一々記すに堪へず。市ヶ谷方面より燃え出でたる火は翌二日午前一時ごろに至りて元園町附近に襲ひ来る。何分にも風上とて油断しゐたると、余震強くして屋内に入ること危険なるとにて、家財を持ち出すこと能はず、なまじひに家財に執着して怪我などありてはならずと、殆ど着のみ着のまゝにておえい、おふみを引き連れ、早々に紀尾井町の小林君宅へ立退く。予の宅はおそらく午前二時ごろに焼け落ちたるならんかと察せられる。

という有様であった。揺れのために家屋が倒壊したのではなく、延焼のために焼け出されたのである。この記録が残された日記は、避難するときに持ちだされたもので、大正十二年七月二十五日から始まっている。それ以前の日記は灰燼に帰してしまったのだが、先に引用したとおり、「女行者」の脱稿と郵送した月日が明記された箇所は残された。

震災の前までに『半七捕物帳』を第二輯まで刊行していた新作社から、第三輯を出版するという連絡を受ける。十月十九日の日記である。

……新作社の佐藤君が来て、半七捕物帳第二輯印税の残りをくれ、この際思ひ切つて第参輯を出版してみると云つて、兎もかくも千部だけの奥付の捺印を求め、あはせて第一輯第二輯各参百部の捺印を求めゆく。

奥付によると第三輯は、大正十二年十一月一日印刷、大正十二年十一月五日発行である。だが、はしがきには大正十二年八月と記されている。第三輯は震災前にすでに準備されていたのである。

新作社版第三輯が十一月に刊行されると、第四輯を発行しようという話になる。翌大正十三年三月二十六日の日記に、「「半七捕物帳」の旧稿を訂正。新作社から第四輯を催促して来たからである。何かと忙しいので閉口である」と記される。

新作社版は最終的に全五巻として刊行されたが、このような記述から何巻までを予定していたのか不明である。また、新作社版に収録するためにさまざまな手直しをしている。四月一日の日記には「新作社では引きつゞいて「半七捕物帳」第四輯を発行するといふので、旧稿を訂正。これもなか〳〵面倒である」と書かれ、いよいよ本格的に改稿作業にかかりはじめた。四月三日の日記に「それから「半七捕物帳」の旧稿を訂正し、あはせて小序をかく。これで第四輯の分もほゞ纏まつた」とある。四月十二日には「「冬の金魚」を訂正して新作社に郵送、捕物帳の追加である」と記されている。第四輯を見ると、大正十三年五月廿五日発行と記載され、「冬の金魚」は末尾に収録されている。「女行者」の書き加えは、『岡本綺堂日記』の記述により、大正十三年三月下旬から四月のはじめになされたことがわかる。

半七はもともと元治元年の事件のとき、三十歳になるかならないかであった。「お文の魂」の初出では「三十前後の痩ぎすの男」で、「私が半七に初めて逢つたのは、それから廿年の後で、恰も日露戦争が終を告げた頃」という設定である。

新作社版に収録されたところで、「三十二三の痩ぎすの男」、「私が半七に初めて逢つたのは、それから廿年の後で、恰も日露戦争が終りを告げた頃」と書かれ、年齢の書きかたがわずかに変えられる。その新作社版の第四輯で、わたしは「明治三十二年の秋」に半七老人と出会っているのである。明治三十二年では日露戦争は終わるどころか始まってもいないのに。

第三輯と第四輯のあいだで、どのような変化が起きたのだろうか。

第三輯は、先に述べたように、震災前に出版社に原稿を渡していた。第四輯は、震災後に第三輯が刊行されたのちに依頼されている。

新作社版「女行者」で書きかえた箇所で半七老人に語らせたのは、綺堂がはじめて見た芝居であった。大正九年に綺堂が「過ぎにし物語」で記した芝居を、大正十三年に「女行者」を新作社版に収録するさいに書き加えたのである。半七老人と出会った明治座は関東大震災で焼失してしまった。いや、明治座だけではない。半七老人が「天一坊」の初演を見たと言う新富座も震災で焼けてしまったのである。半七老人が語った「明治八年の春、はじめて守田座で上演された」芝居とは「扇音々大岡政談」である。綺堂はこう記している。

わたしが生れてから初めて、劇場といふものゝ空気の中に押込まれたのは、明治八年の正月であつた。この年から守田座が新富座と改称したので、その一月興行は『扇音々大岡政談（あふぎびやうし）』――例の天一坊――で、それを書き卸した作者の河竹黙阿弥翁はその当時六十歳であつたといふことを後に知つた。いや、後に知つたのはそればかりでない。その狂言が大岡政談の天一坊であるといふことも、後に初めて知つたくらゐで、その当時二歳と三ヶ月ばかりの私は無論何にも知らなかつた。実はその新富座へ連れて行かれたといふことすらも、私の幼い記憶には何にも残つてゐないのであるから、あるひは欺されてゐるのかも知れないが、親や姉などの云ふことを信用して、先づさう決めて置く。して見ると、日本の劇（しばゐ）といふものと私との間に一種の連鎖の出来たのは、新富座といふ劇場が初めて東京に出現した当時からのことである。ふり返って見ると、かな

りに長い。熊谷を気取つて夢だ〳〵とも云ひたくなる。（傍線・引用者）

（「過ぎにし物語―明治時代の劇と私と」『新演芸』大正9・8）

この文章は震災前につづられたものである。さらにこの守田座（新富座）については次のような記述がある。

この劇（明治十二年三月のこと――注・引用者）を初めて見物する前に、わたしは初て彼の守田勘彌――新富座の座主で今の勘彌の父――といふ人に逢た。この前年の六月、新富座新築の開場式に在京の各外国人を招待したので、その時おなじく招待をうけた英国公使館の外国人等が主唱者となつて各外国人から何か新富座へ贈物をするといふことになつた。わたしの父は英国公使館に勤めてゐて、且は團十郎とも予て識つてゐる関係から、一応それを新富座に交渉すると、勘彌は非常によろこんで、記念のために何うか引幕を頂戴することは出来まいかと云つた。そこでいよ〳〵その引幕を贈ることになつて、翌年の二月興行から新富座の舞台にかけられた。（同前）

という経緯があった。その新富座も焼失したのである。

河竹繁俊は『日本演劇全史』（昭和34・4、岩波書店）[6]に震災の被害をこう記している。

まず第一に、建築および旧蹟の焼失である。即ち震災により当時二十二座あった劇場のうち、二十座まで失なった。歌舞伎座・帝劇・有楽座・明治座・市村座・新富座・神田劇場・辰巳劇場・寿座・宮戸座・公園劇場・常盤座・御国座・観音劇場・御園劇場・帝京座・十二階劇場・中央劇場・演伎座等である。そのうち、新劇に大きな貢献をした有楽座のほかは、いずれも歌舞伎中心の劇場であった。

このうち新富座は、明治十一年六月にあの画期的開場式を行なった、文化史的価値を誇る建物であった。この焼失により、江戸の風趣を残した劇場は永久に失なわれたのである。

そして、昔の俳優、作者の家をはじめ、古い芝居小屋の遺跡、歌舞伎に由緒深い大川端の雅致ある史蹟等の数々も、おおむね失なわれたといってよかった。むろん第二次大戦の惨禍によりそれは再び完膚なきまでに破壊されたのだけれども、その文化財損失の程度は、震災の方がはるかに大であった。

河竹が記している「明治十一年六月にあの画期的開場式」が、綺堂が「この前年の六月、新富座新築の開場式に在京の各外国人を招待した」と書いている開場式である。綺堂がこう記したのは大正九年のこと、震災の前なので新富座は健在だった。

「女行者」は大正十二年八月、震災の直前に脱稿し、翌年の『面白倶楽部』に掲載されたが、新作社版に収めるにあたって改稿した。そこに明治座と守田座（新富座）で演じられた芝居について書きこんだのである。

明治三十二年、明治座で演じられた「天一坊」とは、『演劇外題要覧』（昭和12・2、日本放送出版協会）によれば、「大岡政談雪墨附（おほをかせいだんゆきとすみつき）」という外題で上演された芝居で、明治八年の「扇音々大岡政談」の別名題である。

綺堂が初めて見た芝居を半七老人に語らせ、それを語るきっかけのために半七老人と私とを明治座で出会わせた。「天一坊」を語らせるためには明治三十二年でなければならなかった。そうすることによって新作社版のなかでの設定を崩すことになっても。「女行者」を書き直すということは、震災で焼け失せてしまった明治座と新富座を偲ぶことでもあった。「過ぎにし物語」では、菊五郎團十郎の没後の芝居について次のように記している。

　「團十郎菊五郎がゐなくなつては、木挽町も観る気になりませんね。」
　かういふ声をわたしは度々聞かされた。團菊の後に洪水あるべきことは何人（なんぴと）も予想してゐたのであるが、その時がいよ〳〵来た。（「團十郎の死　過ぎにし物語―続編の十二」『新演芸』大正14・2）

「過ぎにし物語」は、大正九年八月から十一年五月まで連載し、大正十三年二月から続篇を再び連載する。震災の前に打ち切ったのを、震災後に続編を書くことにしたのである。続編の一に「今度の続編は明治三十六七年、すなはち團菊左の最後を以て筆をとめることにしようと思つてゐる。わが劇界のこの三名優の死によつて一区画をなしたとも云ひ得られる」と記したとおり、終わりの三章をこの三人の死にあてている。震災によって資料も失ってしまった綺堂としては、ここまで見通しを立ててても語っておかなければならないという思いがあったに違いない。

「團十郎菊五郎がゐなくなつては、木挽町も観る気になりませんね。」というひとことが書かれたのは震災後のことであった。観る気もなにも、観たくても観にいく歌舞伎座がなくなってしまったのである。

菊五郎の死は明治三十六年二月。その年の九月に團十郎が、さらに翌三十七年八月に左團次が死去する。「半七捕物帳」が書きはじめられたときの設定では、「日露戦争が終を告げた頃」にわたしは半七老人に出会う。それでは、團菊左を目の当たりにするようには書けない。日露戦争が終わりを告げた頃では彼等はいないのだから。いや、むしろ團菊左の死後に半七老人に出会うことにより、作中で語れないようにしたのではないか。語れない、語りたくない。芝居を語りたくても團十郎も菊五郎もいないのだ。その思いが、「懐しい人」がいなくなってしまった時代に「半七捕物帳」をあわせた。

そうした封印を、震災に遭ったことで解いた。大正十三年に「女行者」を書きかえたとき、團菊時代と呼ばれる時期にわたしを半七老人に出会わせることにした。それが明治座であった。そこで「天一坊」を語れば、さかのぼって守田座にも触れる。どちらも震災で灰燼に帰してしまった。だが、半七老人の記憶のなかで、團十郎が、菊五郎が、左團次が活躍している。菊五郎が踊り、團十郎が見得を切る。老人の目にはその姿が映っているのだ。江戸の残党は後日の俤を語りはじめたのである。

犬猫も人も流れて秋の川

被災した綺堂が見たものは、一面の焼け野原ばかりではない。そこには無数の死体があった。右の句は「震災後所見」として『独吟』（昭和7・10）に収められたものである。数年前、京都文化博物館で震災直後の様子を撮したフィルムが上映されたことがある。隅田川に注ぎ込む小名木川には、壊れた家の木材と一緒に数多くの死体が浮かんでいた。死体を何とかしようという余裕はない。流れるままであった。だれもが焼け出され生き延びるだけで精一杯である。綺堂も住む家を失い、小林蹴月の家に避難したのち額田六福宅に引き移った。そのころに詠んだ句であろう。犬も猫も人もみな一緒に流されていった。

この句に出会ったとたんに、坂口安吾の「白痴」の冒頭が思い出された。

> その家には人間と豚と犬と雞と家鴨が住んでゐたが、まつたく、住む建物も各々の食物も殆ど変つてゐやしない。
>
> （「白痴」昭和21・6）

という一文である。この箇所について、庄司肇が「人間と四種の動物を同じ位置にならべたところにも私は衝撃をうけたのである。これほど痛烈な人間認識はないのではないか」（『坂口安吾』昭和43・8、南北社）と述べたのを読み、そのまま自分の読解にしていたのだが、綺堂の句を知ってから少しだけ変化が生じた。安吾の人間認識ということで受け入れられるのだが、「犬猫も人も流れて」の句と並べて読むと、空襲を受けたあとの光景に見えてくるのである。人間も豚も犬も雞も家鴨も区別なく殺され、死骸はほっとかされたままである。人間だから尊いとか他の生き物よりも気高いなどといったご託宣はまったく垂れない。そこにこそ衝撃を受けたのだが、じっさいに空襲で焼け死んだ人間豚犬雞家鴨を目の当たりにして「白痴」の出だしを書いたのではないか。いや、目の当たりにしたからこそ書けたのではないだろうか。もちろん庄司肇が言うようにそれが安吾の人間観だったとしても。

綺堂の句は非情である。「白痴」の出だしには一切の感傷がない。綺堂の句と「白痴」に通底しているのは死者のまなざしではないだろうか。死んだ者を見、見た者は死んだ者から見返される。震災を体験し、多くの死者を見、焼けた家建物を見、かつて自分が足を運んだ芝居小屋を思い起こし、明治の芝居を回想する。ひとつひとつの芝居を、役者への思いをこめて半七老人に語らせるのは、新作社版で「女行者」を書きかえたときからであった。

「松茸」と「三浦老人昔話」

「松茸」は「半七聞書帳　後編の六」として『文藝倶楽部』大正九年九月号に発表された。翌年、隆文館から刊行された『半七聞書帳』にそのまま収録、新作社版『半七捕物帳』第五輯に収めるさいに半七を岡っ引として書きあらため、春陽堂版『半七捕物帳 下巻』で現行の「松茸」本文になった。初出の「松茸」は、岡っ引は下谷の林蔵、事件が起こったのは文化四（一八〇七）年である。新作社版で林蔵は半七に変えられ、時代も文久三（一八六三）年に変更される。新作社版は第一輯で半七の生年は天保五（一八三四）年前後であるように書かれているので、このとき半七は三十歳ぐらいと見てよいだろう。もちろん初出の文化四年では半七は生まれていない。春陽堂版では、半七は文政六（一八二三）年頃の生まれとされるので、春陽堂版の「松茸」の舞台は文久三年だから四十歳ぐらいということになる。新作社版に収録されたところで、半七老人の誕生日が十月なかばと知れる。

先走って結末に触れると、お鉄は事件の三年後に嫁入りをするが、このときの媒酌人は、初出では下谷の林蔵夫婦だったのが、新作社版で三浦老人夫婦にかわり、春陽堂版以降も三浦老人夫婦になっている。新作社版で「半七捕物帳」に初お目見えした三浦老人に花を持たせたのであろうか。

さて、「松茸」は、私が半七老人のところに到来物を持っていったところから、松茸献上の話がみちびきだされ、次のような事件として語られる。以下、初出本文を要約するため、事件の年代と岡っ引、および強請りをはたらく男の名前は光文社文庫等流布本とは異なる。

武州熊谷の豪農の娘であるお元は、天明六（一七八六）年丙午年の生まれであったが、翌年の未年生まれということにして加賀屋の才次郎のもとに嫁いできた。ところが隣村の取上げ婆さんの息子である多吉が、お元とお鉄を八幡祭のなかで見つけ、お元の秘密をねたに強請りを企む。多吉は、松茸献上の人足として徴発されていたが、松茸の籠を担ぐときにくわえていた煙管を籠の結縄にさしこみ、大騒ぎとなったので江戸へ逃げてきたのであった。お元の実家から付き添ってきた女中のお鉄は、お元を守るため多吉を殺そうとまで思いつめているところを下谷の林蔵に助けられる。多吉は林蔵に追いつめられ、不忍の池にとびこみ溺れ死んでしまう。

というように、松茸献上の話が事件のなかに出てくる。篠田鉱造の『幕末百話』（明治38・11、内外出版協会）の一話に、松茸の籠に煙管を挟み込んだ話があるが、半七老人の語る松茸献上についての説明が『幕末百話』によっていると思われるので、紹介したい。

▲御禁制山（おとめやま） 上州仁田（にった）太田の金山（かなやま）、有名な大行院呑龍様のある土地。アスコが昔は公儀へ松茸を献上する場所なんです。此松茸は御城の御膳所へ送り込み、将軍が召料になるといふほどの物ですが、ソレに就いては土地の心配一通でありません。丁度八月八日が開山期。松茸の出始める時節となりますから、公儀の御禁制山と申して、誰も金山へ登ることは出来なくなるんです。平生（ふだん）は新田義貞の城跡なんかありまして、諸人の遊び場となつてゐたのが、先月此日（このつき）からは足を入れる所か、土地の者は松茸も喰べられません。松茸の匂ひでもさせやうものなら、スグ赤總の十手が入つて来て、ソレこそ踏縛られてしまはれます。

▲葵の御紋 コノ松茸を公儀の御膳所へ持込のが、宿々駅々（しゆくじゆくつぎつぎ）の問屋で受取つて、一昼夜に太田の金山から御城まで担ぎ込むんですが、松茸の荷の作りもリウキウで包み、其上を紺の染麻（そめあさ）で結（ゆは）ひ、ソレに青竹を指し、御墨附封印といふ厳重さ。葵の御紋が添はります。大したもので、松茸

ともいへません。松茸なんと呼捨にもされない。「御松茸御用」と申したもので。ソレから問屋々々も明日の何の刻には御松茸がお通りになるといふので、人足を出し、いづれも肩を揃へて先の宿から来るのを待受けて、スグ担ぎ出す趣向にしてゐるんです。

▲ヤニ煙管　一番先へ「御松茸御用」といふ木の札を押立てゝ来るんで、「ソノ御松茸だ」と人足は肩を揃へる。スグ受取る。駈出す。其忙がしさ。慌てさ加減は、咄嗟の間なんですが、フトした事で飛んだ間違の起つたお話を申しませうか。妻沼(めぬま)と熊谷(くまがひ)の間の、弥藤吾村の須戸といふ御百姓が、人足に徴発されて、ヤニ煙管を咥へ、烟草を呑んでゐた途端に、御松茸が来たから、煙管を仕舞ふ間もなく、肩を出して担いだ。で咥へてゐたヤニ煙管をチヨイと松茸の荷へさしたのを、ワツシヨイ〳〵と担ぐ騒ぎで、たうとう忘れて次の宿へ渡してしまつたんです。御松茸はヤニ煙管を連れて御城へ乗込む次第となつたんでさ。

▲百姓泣せ　他の宿々でもチヨトも気がつかない。なぜと申せば名主百姓代が立会つて検(み)るけれども、検る点(とこ)はチヤンと極つてゐる。封印の点丈(とこだけ)で。「御封印手摺無之」と記してやるから、周囲に煙管の挟んであるのに気の注く人はありませんでした。御膳所へ担ぎ込む人足は板橋ですが、板橋人足は皆好んだものださうです。御城で甘酒が出たからですとの事。ソノ板橋宿も気がつかず持込んだから、御松茸の籠の一つにヤニ煙管が挟まつたなりだから、喧ましくなり、宿々の役人人足の御詮議となつたんですが、ソレより先、弥藤吾村の須戸の爺さん家へ帰つてから煙管を抜うとすると、ないからハツと思ふと、御松茸へ挟んだ事に気がつき、蒼くなつてゐると、御詮

議が厳しい風説に、居ても起つてもゐられず、逐電しましたが、函根で首を縊つて死んださうです。昔はかうした百姓泣せが多うござんしてす。

上州太田の呑龍様の金山が幕府へ松茸を献上する場所になっていることや、旧暦の八月八日からは公儀のお止山になること、松茸の籠を琉球で包み、その上を紺の染麻でくくったうえに封印をするという描写まで一致している。さらに、人足の一人がヤニ煙管を松茸の荷へさしたことが、事件の発端となったというように『幕末百話』の一話を作品に取り込んだと言ってよい。

さて、さきに「半七聞書帳 後編の六」として「松茸」の粗筋を紹介したが、これは初出によったもので、現行の流布本は本文が異なる。「半七聞書帳」は半七が活躍する捕物話ではなく、半七が聞き伝えたという形式のもので、「松茸」の場合、岡っ引は下谷の林蔵である。初出では、事件が起ったのは、文化四（一八〇七）年、半七が生まれた年は天保年間であるから、半七が立ち会えるはずがない。

天明六（一七八六）年生まれのお元は丙午の生まれであることを隠して嫁入りしたことが事件の要因であるので、この話を成立させるためには、丙午生まれの女性が必要である。新作社版で半七を直接事件にかかわらせるためには、半七の生年にあわせて事件が起きた時期を動かすだけでなく、お元の生年が丙午にあたるようにしなければならない。が、それだけではすまない時代背景もこの話には描かれていた。半七は、御松茸御用について講釈したあと、文化四年に永代橋が落ちたところから事件の本題に移ろうとする。その永代橋のことである。

文化四年の八月十九日に(ママ)江戸の人々の記憶に長く残つてゐる日で、深川の八幡祭の混雑で永代橋が落ちた。幾百の生霊が川の底に沈められた。外神田の加賀屋からも嫁のお元と女中のお鉄、お霜の三人が深川の親類の家へ招ばれて、朝から祭礼見物に出てゐたので、この噂を聞くと店中が俄に騒ぎはじめた。

（初出）

このようにお元たちを、永代橋の事故に出会いそうな場所と時間に行きあわせていた。お元たちは永代橋が落ちたまさにそのときに祭礼見物に行っていたのだ。文化四年の事故にあわせなければならないのは岡っ引も同様である。この話は天保五年頃の生まれの半七では立ちあえない。下谷の林蔵が活躍する所以である。

新作社版に収録するさいに、「半七聞書帳」を「半七捕物帳」として書きかえているが、この時点では半七の生年は初出と同じ天保年間のままである。そこに丙午生れのお元を登場させるのなら、弘化三（一八四六）年丙午の生れでなければならない。お元が嫁に行った先でからまれる事件なので、ことの起こりは文久二（一八六二）年に変えられる。となると、永代橋が墜ちたことをそのまま使うわけにはいかない。

文久三年の八月十五日は深川八幡の祭礼で、外神田の加賀屋からも嫁のお元と女中のお鉄、お霜の三人が深川の親類の家へ招ばれて、朝から見物に出て行つたが、その午過ぎになつて誰が云ひ出したともなしに、永代橋が墜ちたといふ噂が神田辺に伝はつた、文化四年の大椿事に懲えてゐた人々は又かとおどろいて騒ぎはじめた。（新作社版）

丙午をひとまわり変えるには六十年ののちにしなければならない。そのように直すと永代橋の事故からは五十年以上も隔たってしまうのである。そこでかつての椿事を思い出させる噂に改変し、「文化四年の大椿事に懲えてゐた人々」とした。

新作社版の『半七捕物帳』は、『岡本綺堂日記』の記述からも、はじめから五巻本の編成で計画していたとは考えられない。少なくとも第四輯、五輯は、売れ行きがよかったため出版社が綺堂にあとから依頼したことは間違いない。「半七聞書帳」の九話のうち八話までが四輯五輯に収録されているということは、もともとの企画が立てられたときには収める気がなかったのではないかと推測される。つまり「半七聞書帳」は「半七捕物帳」の設定にはおさまらなかったということである。それを出版社の意向により、「半七捕物帳」に取り込むことにして、時代背景を半七の年代に合わせて書き直していったと思われる。新作社版の『半七捕物帳 第一輯』に収められた「お文の魂」では、半七の年齢については元治元年に「三十二三の痩ぎすの男」と記され、初出での「三十前後の痩ぎすの男」とさして変わらず、またわたしが半七と出会ったのも「日露戦争が終りを告げた頃」ということで初出と同じである。新作社版で書き直された「女行者」で、このふたりの出会った時期を明治三十二年としたために新作社版のなかで齟齬が生じたことは先に述べた。初出、新作社版のままの半七の生年、春陽堂版の半七の生年、どちらでも丙午生れのお元に出会うには、丙午の年にあわせなければならない。初出の本文では永代橋が落ちたそのときに事件を設定した。新作社版では半七に立ちあわせることに変更したため、半七の年齢を変えても無理なので、永代の事故から五十年あまりものちの事件にし、お元の生まれた年も六十年後の丙午の年にしたのである。

新作社版で書きかえた「松茸」にはもうひとつ大きな変更がある。三浦老人を登場させたことである。もちろん初出では現れていない。新作社版では次のように紹介される。

三浦老人は大久保に住んでゐて、むかしは下谷辺の大屋さんを勤めてゐた人である。わたしは半七老人の紹介で、今年の春頃からこの三浦老人とも懇意になつて、大久保の家へもたび〳〵たづねて行つて『桐畑の太夫』その他のむかし話を色々聴いてゐるので、今夜ここで其人に逢つたのは嬉しかつた。

ここにも述べられているように「三浦老人昔ばなし」は「桐畑の太夫」（大正13・1）を第一話とし

て『苦楽』に連載されたものである。『苦楽』連載中は三話をのぞいて「三浦老人昔ばなし」という副題の表記だったが、単行本は『三浦老人昔話』の書名になった。ひとまず雑誌連載の作品として「三浦老人昔ばなし」と記す。

単行本『三浦老人昔話』は『苦楽』以外の雑誌に発表された二話を加えて大正十四年五月に春陽堂から『三浦老人昔話　綺堂読物集乃一』のタイトルで刊行された。新作社版『半七捕物帳 第五輯』が発行された翌月である。ちょうどこの二冊の本についての記述が『岡本綺堂日記』に残されている。ともに大正十四年二月である。

「三浦老人昔話」原稿を訂正し終る。今度は「桐畑の太夫」と改題、原稿紙で約三百枚になったらしい。すぐに春陽堂へ郵送。（大正十四年二月十四日）

半七捕物帳の旧稿を訂正、講談倶楽部四月号の分をあはせると、第五輯一冊分は纏まりさうである。（大正十四年二月十六日）

このように数日の間に両方の原稿を訂正していったことがわかる。二月十四日の日記には書名を「桐畑の太夫」に改題すると記されたが、大正十四年三月五日に春陽堂からの意向で「三浦老人昔話」に戻すことにしたと記されている。

「三浦老人昔ばなし」の側から「半七捕物帳」と半七とがいかに記されているか見てみよう。「桐畑の太夫」からの引用だが、初出、刊本のあいだに異同はない。

今から二十年あまりの昔である。なんでも正月の七草すぎの日曜日と記憶してゐる。わたしは午後から半七老人の家をたづねた。老人は彼の半七捕物帳の材料を幾たびかわたしに話して聞かせてくれるので、けふも年始の礼を兼ねてあは好くば又なにかの昔話を聞き出さうと巧らんで、から風の吹く寒い日を赤坂まで出かけて行つたのであつた。（略）

『むかしは随分おたがひに仲好くしてゐたんですがね。』と、三浦老人は笑ひながら云つた。『このごろは大久保の方へ引込んでしまつたもんですから、どうも出不精になつて……。いくら達者だと云つても、なにしろこゝの主人にくらべると、丁度一とまはりも上なんですもの、口ばかり強そうなことを云つても、からだやあんよが云ふことを肯きませんや。

わたしは、半七老人の家へ出かけていったところ、三浦老人に出会い紹介された。「桐畑の太夫」が発表されたのは大正十三年であるから、「今から二十年あまりの昔」ということは明治三十七年あたりである。最初に発表された「半七捕物帳」で、わたしが半七老人に出会った頃である。

「三浦老人昔ばなし」を単行本にまとめたことが大正十四年二月十四日の日記に書かれ、「松茸」を収録する『半七捕物帳　第五輯』についてはその二日後に記載されている。「松茸」に三浦老人を登場させることで、「半七捕物帳」と「三浦老人昔ばなし」が連動していることが明確に見てとれる。「三浦老人昔ばなし」のほうにもすでに半七老人が登場し、わたしは両方に顔を出している。

「半七捕物帳」に飽きてきた頃、綺堂は捕物帳の制約から離れて三浦老人の語る江戸物語を連載しはじめたのであった。震災で被災し、さらには東京も広い範囲にわたって焼亡してしまったことで、幕末を生きてきた老人を語り手とした物語を新たに紡ぎだそうとした。ちょうど『苦楽』から依頼があったということも大きい。東京の出版社や印刷所も被災してしまったところに、関西に拠点をおく中山太陽堂のプラトン社からの依頼があった。

プラトン社の川口松太郎君が小山内薫君の紹介状を持参、大阪の同社では在来の「女性」のほかに高等通俗雑誌を発行することになつたので、予に連載小説をかけといふ。承諾。

（大正十二年十月十日）[7]

と『岡本綺堂日記』にのこされている。「桐畑の太夫」が書かれたときであれば、三浦老人は半七老人よりもひとまわり上だから、文政年間の生れということになる。捕物帳でもなく、しかも半七よりもひとまわり上の年代で幕末を知る人物を想定して描いたのが「三浦老人昔ばなし」であった。一年間連載したあと、単行本『三浦老人昔話』として刊行されるが、「半七捕物帳」のように改稿されたあとはない。三浦老人は文政年間の生まれのままである。ところが「半七捕物帳」は書きなおされて、天保生まれの半七の年齢が変えられてしまった。そのため三浦老人の歳は、春陽堂版で改稿したあとの半七と一致してしまうのである。綺堂は「三浦老人昔ばなし」で、半七老人よりもひとまわり上で、しかも捕物話に限らない語り手を設定した。だが、年齢のみに関して言えば、春陽堂版で半七の年を十歳ほど上にしたために、ふたりはほぼ同一人物になってしまったと言える。そのため三浦老人を語り手として登場させる必要がなくなってしまった。くりかえすが、「三浦老人昔ばなし」が構想された時点では、半七老人は天保年間の生まれのままであった。まだ後期「半七捕物帳」の設定は考えられていなかったのである。

「半七捕物帳」のなかで三浦老人が登場するのは「松茸」である。ただし、初出の「松茸」には現れず、新作社版の『半七捕物帳 第五輯』(大正14・4)で紹介される。新作社版『半七捕物帳』の書きかえと「三浦老人昔ばなし」の執筆が並行してなされていることが、『岡本綺堂日記』の記載から明確に見て取れる。

「三浦老人昔ばなし」と同じ時期に発表された「半七捕物帳」の作品とをならべてみると、以下のようになる。

「半七捕物帳」

題　名	初出誌	発表年月
「女行者」	『面白倶楽部』	大正13・1

「潮干狩」（「海坊主」と改題）　『新青年』　大正13・1〜2
「仮面」　『新青年』　大正13・4
「冬の金魚」　『講談倶楽部』　大正13・4〜5
「一つ目小僧」　『サンデー毎日』　大正13・7・1　夏期特別号
「柳原堤」（「柳原堤の女」と改題）　『旬刊写真報知』　大正14・1・5〜2・15

「三浦老人昔ばなし」
「桐畑の太夫」　『苦楽』　大正13・1
「鎧櫃の血」　『苦楽』　大正13・2
「人参」　『苦楽』　大正13・3
「置いてけ堀」　『苦楽』　大正13・4
「落城の譜」　『苦楽』　大正13・5
「雷見舞」　『苦楽』　大正13・6
「権十郎の芝居」　『苦楽』　大正13・7
「市川さんの話」（「旗本の師匠」と改題）　『苦楽』　大正13・8
「春色梅ごよみ」　『苦楽』　大正13・9
「矢がすり」　『苦楽』　大正13・10

これ以前に発表された「刺青師の話」(8)と「下屋敷の秘密」(9)を加えて、単行本『三浦老人昔話』として刊行された。
「半七捕物帳」の発表が間遠になっているのに対し、「三浦老人昔ばなし」は十回をきっちり連載している。「松茸」には三浦老人を登場させ、「桐畑の太夫」には半七老人が姿を見せるという、両者に関連を持たせたうえ、「鎧櫃の血」にはわたしが半七老人のもとを訪れなかった言いわけが記される。

その頃、わたしは忙しい仕事を持つてゐたので、兎かくにどこへも、御無沙汰勝であつた。半七老人にも三浦老人にもしばらく逢ふ機会がなかつた。半七老人はもうお馴染でもあり、わたしの商売も知つてゐるのであるから、ちつとぐらゐ無沙汰をしても格別に厭な顔もされまいと、……

これは「半七捕物帳」を発表していないことを読者にむけてことわったものであろう。捕物話が町人の世界を描いたのに対し、三浦老人の話は旗本や御家人、あるいは屋敷内の様子が中心になっている。半七老人と三浦老人が知り合いで、はじめはそろって出てくるが、語られる人たちの階層は異なっている。半七老人が姿を見せなくなるのは捕物話でないことだけが理由ではない。「三浦老人昔ばなし」を連載しおわると、翌十四年の三月から『苦楽』にはいよいよ「青蛙堂鬼談」を載せる。もちろん『苦楽』一誌だけで言いきれることではないが、綺堂の語りものの方向が見えてくるような気がしてくる。

幕臣の行方

綺堂の父親が御家人で、明治元年に江戸を脱走したと「綺堂紹介状」で記した。上野で戦ったかどうかはわからないが、宇都宮、白河口と転戦し負傷し動けなくなったことも。

「三浦老人昔ばなし」には上野と鳥羽伏見の戦いで戦死した人が描かれている。「権十郎の芝居」（大正13・7）に登場する藤崎餘一郎と、「春色梅ごよみ」（大正13・9）の高松勘兵衛である。芝居好きの藤崎餘一郎は、河原崎権十郎を贔屓する町人と言い争いになり、帰りに町人を斬殺してしまう。周囲からの説得により切腹せずに生き延び、上野の戦いに参加するが、最後にどうしても芝居が見たくなって隊を抜け出して市村座に行く。するとあれだけ下手だと思っていた権十郎が素晴らしく見え、斬り殺したことを悔やみ、討死しなければ申しわけないと思って上野に戻る。翌日が官軍の総攻撃。覚悟したとおり戦死した藤崎は、ふところに市村座の絵番付を入れていたという。

「春色梅ごよみ」の高松勘兵衛は槍をよく使う武士気質の御家人である。娘のお近も薙刀ができるので旗本の家に屋敷奉公にあがっていた。奉公先のお嬢さまが病気になり下屋敷で養生することになったので、お近はお供をすることになった。することもない気鬱な生活から、草双紙が好きな女中の話に皆夢中になってしまう。そのうちに風儀の乱れが目にあまるようになり、お近は暇を出されることになった。家に帰ったお近は父から疑いの目で見られてしまい、ある晩そっと家を抜け出ようとしたところ、物音に怪しんだ父に槍を投げつけられ死んでしまう。その父は明治元年の鳥羽伏見の戦いで討死したという。

このように徳川方についた人たちの死が描かれている。綺堂にとっては自分の父親がそうなったかもしれない人々の一人である。藤崎餘一郎は父敬之助と入れ替え可能なほどである。芝居が好きで、万延元年に市村座に行ったところ、舞台の小團次が同じ服装だったりするところまで藤崎餘一郎が似ているかどうかはわからないが、ふたりとも薩長嫌いでありながら徳川家に対して必ずしも忠義一徹な堅物ではない。

父敬之助が薩長新政府に強い反感を抱いていたことと、それを昭和五年の『歌舞伎』に再掲載したとき、綺堂の言いまわしがわずかだが弱められたことも「綺堂紹介状」で触れた。この変化は震災後に起きたのである。本章の「女行者」論では、震災によって焼失した新富座明治座の在りし日の姿を加筆したことを記した。

「三浦老人昔ばなし」のなかで語られる御家人が戦った話は「半七捕物帳」にも反映している。だが、大正期に執筆された「半七捕物帳」にはあらわれていない。『講談倶楽部』に掲載された後期「半七捕物帳」の「河豚太鼓」(昭和10・6)と「薄雲の碁盤」(昭和12・1)で語られている。

「河豚太鼓」は、玉太郎の乳母お福がだまされて玉太郎を拐かす手引きをしてしまう。半七が事件を解決したあと、お福は叱り置くという程度ですんだのだが、のち上野の戦いのときに流れ弾にあたって死んだことが語られる。

　お福は根岸へ帰つてから何処へも再縁せずに、家の手伝ひなぞをしてゐましたが、上野の彰義隊の戦争のときに、流れ弾に中つて死んださうで、どこまでも運の悪い女でした

このように描かれる。たまたま流れ弾にあたったのである。

「薄雲の碁盤」では、旗本の家に養子に行った銀之助が事件となるきっかけをつくる。道楽者の銀之助のため、殺人にまでいたった人物がいたのだが、当の銀之助本人には何の咎（とが）めもなかった。それが次のような末路をたどる。

　銀之助はその歳の暮に本家へ帰りました。さうしてぶら〳〵してゐるうちに、慶応四年の上野戦争、下谷の辺で死にました。と云つて、彰義隊に加はつたわけぢやあない。町人の風をして、手拭をかぶつて、戦争見物に出かけると、流れ玉に中つて路傍（みちばた）で往生、いかにもこの男らしい最期でした

「河豚太鼓」のお福は巻き添えをくらった「どこまでも運の悪い女」と語られるが、銀之助は「い

かにもこの男らしい最期」と突き放した言い方をされる。「三浦老人昔ばなし」の二話はともに自分の意志で戦いに行った人たちである。徳川の禄を食む御家人としてはそうせざるをえない人として描かれる。それにひきかえ「薄雲の碁盤」の銀之助は徳川の恩顧に応えようとする気などまったく持ち合わせていない男である。物見遊山で出かけたところ流れ弾にあたって命を落とすのだが、半七老人から「いかにもこの男らしい最期」とまで言われている。だが「三浦老人昔ばなし」で描かれた死者は、戦いに行くというより討死することを目的とした人たちである。綺堂の父親は討死するつもりで戦いに行ったかどうかまではわからないが、「権十郎の芝居」の藤崎餘一郎は父敬之助と重なり合って見える。

震災のあと、このように上野の戦いと父親と二重写しになる人物を「三浦老人昔ばなし」で描き、さらにそれから十年ほど時が過ぎたところでは物見遊山よろしく戦争見物に行って流れ玉で死んでしまう男を「半七捕物帳」で描いた。もしかすると綺堂にとっても明治元年のいくさについては距離をおいて見ることができるようになったのであろうか。

このように大正期に書いた明治元年の戦いと、後期「半七捕物帳」での戦いの扱いにはずいぶんと違いがある。大正期に描かれた人たちは積極的に参加していた。それに対して「河豚太鼓」のお福は完全に巻き添えだし、銀之助にいたってはこの男にふさわしいほど弥次馬で死んだだけの人間として描かれている。どこにも肩入れされていない。

この大正期と昭和の後期「半七捕物帳」とのあいだに「相馬の金さん」（昭和２・８）が執筆されて

いることは注目に価する。「相馬の金さん」は三田村鳶魚の「御家人相馬の金さん」[10]（昭和2・5）に刺激されて執筆した戯曲である。まず鳶魚のほうからかいつまんで紹介する。

相馬の金さんは本名戸村福松、だが誰もそんな名では呼ばない。金さんで通っている。親しまれているのではなく、軽んじられているのだ。裃が無いので帰ってくる同役の裃を借りて出勤するほどである。たしかに貧乏御家人だが禄が低くてもそこまで貧しいはずはない。飲む打つ買うの三ドラ煩悩が原因である。あるとき懇意にしている質屋に家重代の宝物だという箱に入った刀を持って行き、十両都合しようとする。ただし箱の中は見ないで貸せという。家宝とはいえ、一代に二度とは見ないことに決まっているもので、それを破ると中身は蛇に変じてしまうという言い伝えがあると質屋の主人に迫る。主人としては見ずに金を貸すわけにいかないので、そう言って箱をあけたところ中から真っ黒な蛇が出たかと思うとたちまち縁の下に這いこんでしまった。金さん、いきなり主人を殴りとばし、家重代の名刀をどうしてくれるんだと言いつのり結局十両せしめた。これが慶応三年のことで、翌年は市中大混乱となり、金さん彰義隊に入っていた。鳶魚の言を引用すると、

彰義隊といふものは徳川の家来の忠義の心持を、そのまゝに打出したものであるかといふと、勿論まざりつけのない、主家の事情に憤激して立籠つたものもありますが、百人が百人皆さういふ人ではなくて、市井無頼の徒も大分紛れ込んで居りました。

ということで、忠義一途でない金さんも、その場の成り行きで入り込んでしまった。上野の戦いはみごとに敗退し、それでも落ち延びて榎本武揚と合流しようとしたが銚子で船が転覆し乗っていた者二十数名皆溺れ死んでしまった。質屋で強請り騙りをやるような「三ドラ煩悩の金さんが、佐幕家として、現代に祭られるといふことは、大分愛敬のあることのやうに思ひます。これは薩長のろくでなしどもが、勤王家と云つて祭られたのと、いゝ一対をなすものだ」と鳶魚はしたためている。

これを読んだ岡本綺堂は日記にこう記す。

三田村鳶魚君が「事業之日本」五月号に掲載した「相馬の金さん」といふ話が面白いので、それを脚色してみようかと思ひ立つて、その旨を郵書で三田村君に断つてやる。

（昭和二年六月十七日）

鳶魚宛書簡の文面は『岡本綺堂戯曲選集 第8巻』（昭和34・9、青蛙房）の解説で岡本経一が紹介している。その二日後の十九日付けの鳶魚宛書簡には、鳶魚へのお礼の言葉と「そのうち暇をみてポツポツ取りかかり度（たく）」と記されている。それが『中央公論』（昭和2・8）に発表された戯曲「相馬の金さん」である。六月十九日に「取りかかり度」といった戯曲が八月号に掲載されたのだから一気に書きあげたに違いない。それほどに綺堂は意気込んで執筆した話だと思われる。

綺堂の金さんもやはり素行が悪く、幕あきでは家宝の名刀と称して強請りまがいの談判をする。日頃のドラぶりはそのままながら、官軍に対して泥草鞋で江戸を蹂躙されてたまるかと彰義隊に参加する。徳川への義理立てだの忠義などではない、ただ錦切れが腹立たしいだけである。家を捨てたら行き場はなくなるのだ。金さんの弟半三郎とドラ仲間の寅之助の科白は、あたかも父敬之助が江戸を脱走したことをふまえているように感じられる。

半三郎。長くはこゝにゐられますまいか。

寅之助。朝臣にでもなつたら格別だが、さうでなけりや遅かれ早かれ追つ払ひを食ふだらう。安政の地震よりもどえらい大地震がゆり出して、徳川の大家台が一堪りも無しにぶつ潰されてしまつたのだから、その庇の下に住んでゐたおれ達が路頭に迷ふのは当り前さ。

（略）

半三郎。こつちの組には朝臣になつた人もあるさうですね。

寅之助。あるさうだどころぢやあねえ。半分ぐらゐは朝臣になつたやうだ。朝臣になれば家屋敷は勿論、家禄も今まで通りに呉れるさうだから、おとなしく降参して朝臣になるのが悧口かも知れねえが、それもあんまり意気地がねえ。

はじめから官軍側につけば、家屋敷も家禄も安泰なので、金さんの住むあたりの御家人もはやばやと白旗を掲げてしまっていたのである。ところが金さんはそうしなかった。彰義隊に入って最後の最後まで意地を張りつづけるのである。金さんはこう言う。「天下茶屋の芝居ぢやねえが、もう斯うなりや主でねえ、家来（けれえ）でねえ、一本立の安達元右衛門様だ」と。これは鳥羽伏見の戦いでひとり勝手に逃げてしまった徳川慶喜への当てつけで出てきたものだが、天下茶屋の安達元右衛門とは、酒好きで失敗したあげく主が討たれてしまい、仇討ちをするはずが敵に寝返るという無節操きわまりない人物である。行動に首尾一貫したものが感じられないのだが、そこにこそ金さんは主でもなければ家来でもないと自分をなぞらえて啖呵を切る。

綺堂が金さんに「一本立ちの安達元右衛門様だ」と言わせていることは注目に値する。誰に肩入れするのでもなく遠慮するわけでもない安達元右衛門ということで綺堂は書いたのだが、それだけではない。第一章の「綺堂紹介状」で記したように、父敬之助が天下茶屋の芝居を見に行ったところ、小團次演ずる元右衛門の扮装（こしらえ）がまったく同じだったのだ。父から聞いた小團次の扮装を大村嘉代子に語っているのである。そこには「黄八丈の着物に萌黄献上の博多の帯」と記されているので、福島天神の返り討ちの場だと思われる。[11] 万延元年に父敬之助が見た芝居の登場人物を金さんに言わせているのは、金さんを父親に重ねているからである。家を捨てて江戸を脱走した父を持つ綺堂について、額田六福が興味深いことを書き留めてくれている。

先生は寛容で、めつたに人に対して好き嫌の無い人だが、春日局と勝安房だけは嫌らしい。春日局はあんまり女らしくないと云ふ理由だが、勝が嫌ひなのは趣が違ふ。先生の厳父純氏（前名敬之助）は百二十石取の御家人で、維新当時には所謂脱走組の一人で、上州の戦場で負傷し、一時賊になられた関係もあるらしいが、おめ〳〵と一戦もせずに江戸城を明け渡した勝には、どうにも好感がもてないらしい。勝は左團次にもつて来いの役で、松竹からも前々から度々頼まれてゐられたが、いつも生返事だつた。そして、ヒヨツコリとして改造へ相馬の金さんが出た。

（「逸事片々――綺堂先生のこと――」『日本文学大全集　月報第十三号』昭和7・3、改造社）

ということである。海舟は官軍にひと泡ふかせるどころか、さっさと恭順の意を表明し、江戸城を明け渡してしまった。だからこそ正反対の人物を「相馬の金さん」に仮託したのである。金さんは不良御家人ではあるが、江戸っ子の意地を見せようという父敬之助と同じ血が流れている人物でもあった。彰義隊に入って最後まで意地を張りつづけた金さんは鉄砲に撃たれてしまう。ちょうどそこに文字若と寅之助が駆けつける。金さんはこう言う。

金次郎。なに、無事なものか。おれはもう定九郎だ。
文字若。定九郎……。
金次郎。二つ玉を食らつて半死半生だよ。

雨の夜の定九郎きどりである。芝居のなかでもまた芝居がかりなのだ。肩と股に鉄砲玉を食らってもこのように洒落てしまう金さんである。だがそのまま死ぬ役ではおさまらない。安達元右衛門にしても定九郎にしても殺される役ばかりである。おさまらない金さんは自分から腹を切るほかない。そうなると山崎街道から勘平腹切りの場へと展開する。定九郎を演じたところで、勘平に変わり身して切腹するのは芝居の流れである。助からない身で、文字どおり命をかけて芝居の流れをたどる。かりに助かったところで住みなれた組屋敷は召し上げられ、侵入者が好き勝手に江戸を蹂躙していては居場所もない。そうなってしまった世の中を毛嫌いしたのが芝居好きの江戸っ子金さんである。

もう一度鳶魚の言をひいてみよう。「薩長のろくでなしどもが、勤王家と云つて祭られたのと、いゝ一対をなすものだ」とは、たいへんな皮肉である。もっとも鳶魚の描く「御家人相馬の金さん」は切腹するのではなかったが。

こうしてみると「権十郎の芝居」も「相馬の金さん」も、主人公たちは時勢に憤慨して主家に忠義立てした佐幕派などではけっしてない。彼等は単に薩長の錦切れが大っ嫌いなだけで死に場所を上野に求めたのだが、薩長嫌いの根底には父敬之助の存在があった。綺堂の父は腹こそ切らなかったが、白河口の戦いで銃弾を受けて動けなくなるという経験があった。

大正の終わりに鳥羽伏見の戦いと上野のいくさで死んでいった人物を描いた綺堂は、昭和二年に意地で死んでいく金さんを描いた。その後に書かれた「薄雲の碁盤」の銀之助は、意地も何もないろくでもない男として描き出された。綺堂はその末路を上野のいくさの場にして、巻き添えで死んだことにしたのは象徴的である。昭和二年に「相馬の金さん」を書いたあとに、昭和九年十年の「半七捕物帳」では、自分の意志とは関係なく流れ弾で犬死にしてしまうというところまで、突き放して書いたのである。これはドラ御家人ドラ旗本を突き放すだけではない、明治元年の戦いも過去のこととして捉えるようになったことを示しているように思われる。

注

（1）初出の「女行者」の本文では「天一坊」の芝居話（『扇音々大岡政談』）は語られていない。本章ではそれを中心に述べるが、芝居話は新作社版で加筆されたところに出てくる。ここでは新作社版で加筆された現行の流布本（光文社文庫等）本文に基づいて記している。

（2）『歌舞伎年表 第八巻』（昭和38・5、岩波書店）による。

（3）『黙阿彌名作選（二）』（昭和30・5、39・6五刷による。新潮文庫）の解説（河竹繁俊）によると、「天衣紛上野初花」の初演は、

……明治十四年（一八八一）三月東京の新富座で、配役は九世市川團十郎（河内山）、五世尾上菊五郎（直侍）、初世市川左團次（金子市之丞）、八世岩井半四郎（三千歳）、五世市川小團次（くらやみの丑松）、中村宗十郎（高木小左衛門）、坂東家橘（松江出雲守）、市川團右衛門（北村大膳・番頭九兵衛）、尾上松助（按摩丈賀）等。

という配役で、丈賀は松助であった。

（4）「過ぎにし物語―明治時代の劇と私と―」（『新演芸』大正9・8）による。『ランプの下にて』では「その二月興行は『扇音々大岡政談』」と記された。『歌舞伎年表 第七巻』には、「一月廿八日より、新富座、

「扇音同大岡政談」と記載されている。
(5)『岡本綺堂日記』は、平成元年九月、再版による。
(6)『日本演劇全史』は、昭和五十四年二月、第五刷発行による。
(7)岡本経一は光文社文庫『半七捕物帳 第六巻』(昭和61・12)の「解説」で、
半七聞書帳シリーズの後、文芸倶楽部に半七物を書かなくなったのは、どう趣向を変えてみても、つまりは同巧異曲で、同じ雑誌にいつまでも書きつづけるのは読者にあきられる基だという思いがあったものか、後には全く傾向の違う小説を寄稿している。

と記しているように、綺堂は「半七捕物帳」をつづける気をなくしていたようである。
(8)「刺青師の話」は、初出がわからなかったが、中公文庫『三浦老人昔話』(平成24・6)で千葉俊二が明らかにした。「刺青の話 「やまと新聞」大正二年五月二十四日〜六月二十七日(原題「五人の話」のうちの第五話「刺青師の話」)」と記載されている。
(9)「下屋敷」についても、中公文庫『三浦老人昔話』には「「講談倶楽部」大正七年十月号(原題「下屋敷の秘密」)」と記されている。
(10)三田村鳶魚の「御家人相馬の金さん」を〔付録2〕として収録したので、参照していただければ幸いである。
(11)戸板康二「福島天神森返り討(三幕目――原作の五ツ目)」(『役者』第十二号、昭和23・9)による。戸板はこの場面を「正面に向き直り「誰でもねえ、安達」といつて(略)「元右衛門様だ」という」と紹介しているが、まさに金さんは「安達元右衛門様だ」と言っているのである。黄八丈に萌黄献上の博多帯は大谷友右衛門のときからの扮装である。綺堂の父、金さん、安達元右衛門とつなげて読むことは、けっして牽強付会ではあるまい。

第五章　音菊半七捕物帳（おとにきくはんしちとりものちょう）

半七詮議ふたたび

ふたたび半七の詮議からこころみたい。じつは半七の姿かたちは思いのほか書かれていない。大正六年に「お文の魂」ではじめて登場する箇所のみである。

笑ひながら店先へ腰を掛けたのは三十前後の痩ぎすの男で、縞の衣服（きもの）に縞の羽織を着て、誰の眼にも生地の堅気と見える町人風であつた。色のあさ黒い、鼻の高い、芸人か何ぞのやうに表情に富んだ眼を有つてゐるのが彼の細長い顔の著るしい特徴であつた。（傍線・引用者）（初出）

これによく似た表現が「五代目菊五郎　過ぎにし物語―その七」（『新演芸』大正10・2）にあらわれる。

彼に案内されて、更に菊五郎の部屋へ入つて、面長で、頭が禿げてゐて、色の白い、愛嬌に富んだ眼を有つてゐる俳優(やくしや)の顔を、わたしは初めて見た。團十郎の口の重いのに引きかへて、彼は極めて流暢な江戸弁で、それからそれへと休み無しに話した。(傍線・引用者)

このようにならべてみると、「お文の魂」と初出の「過ぎにし物語」は「富んだ眼を有つてゐる」という言葉がまったく一致している。これは明治十八年一月に久松座が千歳座と改称した舞台開きのときのことで、綺堂が十四歳のとき受けた菊五郎の印象である。半七の特徴は五代目菊五郎についての表現そのままと言っていいのではないだろか。もちろんここだけで菊五郎がモデルだと断言するわけではない。だが「過ぎにし物語」が昭和四年から『歌舞伎』に再掲載されたとき、この箇所は次のように変えられたことに留意したい。

かれに案内されて、更に菊五郎の部屋に這入つて、わたしは面長で、色の白い、年の割には頭の薄く禿げかゝつてゐる、四十歳ぐらゐの俳優の顔を初めて見た。團十郎の口の重いのに引きかへて、彼は極めて流暢な江戸弁でそれからそれへと休み無しに話しつゞけた。その愛嬌に富んだ眼を絶えず働かせてゐるのも、わたしの注意をひいた。(傍線・引用者)　(『歌舞伎』昭和5・1)

再連載されたとき、わずかながら改変されたのだが、そのかわりに「四十歳ぐらい」という年齢が書き加えられた。昭和四年刊行の春陽堂版の「お文の魂」では、半七が四十二、三歳で登場することに変えられている。昭和五年に「過ぎにし物語」で「四十歳ぐらゐ」と書きくわえて「お文の魂」の半七とほぼ同じ年齢になったところで、あえて「富んだ眼を有つてゐる」を「富んだ眼を絶えず働かせてゐる」と書きかえた。これは同じ表現になることを避けたからではないだろうか。

綺堂が十四歳のときに刻みつけられた菊五郎の印象には次のようなこともあった。

……弟が自分の代り役を勤めて、それが自分よりも却つて評判が好いといふのを聞いて、ひどく嬉しさうな笑顔を見せてゐた彼に対して、わたしは決して悪い感じを持つことは出来なかつた。その以来、わたしはなんだか彼を懐しい人のやうに思つて、菊五郎の部屋ならばもう一度行つて見たいと望んでゐたが、その後は然うした機会がなかつた。わたしが舞台以外で五代目菊五郎といふ人と向ひ合つたのは、これが見始めの見納めとなつてしまつた。（初出）

やはり大正十年二月の「過ぎにし物語」に書かれたものである。愛想がよくて如才ない菊五郎の姿が記憶されている。「なんだか彼を懐しい人のやうに」思い、「もう一度行つて見たいと望んでゐた」にもかかわらず、このときが舞台以外での「見始めの見納めとなつてしまつた」という。菊五郎の死後二十年近くたってもこのように回想され、さらに「過ぎにし物語」が完結したのち、十年後に菊五郎追善供養のための単行本としてまとめられた。まだ十代の綺堂が、いかに敬慕親愛の念を抱いたか、さらにはいかに江戸の雰囲気を持ちつづけた人々から多くのことを学んでいったかが読みとれる。

さて「過ぎにし物語」、「過ぎにし物語―続編」について記すと、大正九年から十一年、大正十三年から十四年に発表されたものである。あいだに関東大震災がはさまっている。震災で休載したのではなく、大正十一年で打ち切っていたところ震災に遭い、震災後に続篇を書きはじめた。震災で書いておかなければならないという意思が働いたのであろう。震災前に連載した「過ぎにし物語」に手を加えて、昭和四年六月から『歌舞伎』に連載しはじめる。『歌舞伎』が途中廃刊になったため「過ぎにし物語」の第十一回[1]までで終わってしまった。十二回以降から「過ぎにし物語―続編」までは再掲載されていない。昭和十年刊行の『ランプの下にて』で一冊にまとめられる。

『新演芸』に書かれた「過ぎにし物語」は、「半七捕物帳」が発表されて三年後に書きはじめられたシリーズということになる。そして春陽堂版で半七の年齢が変えられたときに『歌舞伎』に再掲載された。「過ぎにし物語」の続篇は『歌舞伎』には載らなかったが、大正十四年の最後の三回分「晩年の菊五郎」「團十郎の死」「日露戦争前後」を見てみよう。まず「晩年の菊五郎　過ぎにし物語―続編の十二」（大正14・1）から。

> 明治三十六年は明治の劇界に取つて最も記憶すべき年であらねばならない。（略）
> 勿論、團十郎も菊五郎も突然に死んだのではない。三四年前から今か今かとひそかに危まれてゐたのであつた。團十郎は三十三年の歌舞伎座三月興行に「夜討曾我」の五郎と「河内山」の宗

俊とを勤めてゐるあひだにも、病気のために半途で欠勤し、興行も十日あまりで中止することになつた。菊五郎もその年の歌舞伎座十一月興行は「忠臣蔵」の勘平と本蔵と赤垣源蔵と「国姓爺合戦」の和藤内とを勤めてゐるあひだに発病して、半途から欠勤するの已むなきに至つた。そのときの勘平は道行の勘平で、お軽は福助（後の歌右衛門）伴内は松助であつたが、菊五郎は楽屋で條野採菊翁にこんなことを話したさうである。かれは勘平の顔を真白に塗りながら云つた。
『かうして勘平の顔をこしらへながら、自分でも不思議に思ひますよ。御承知の通り、わたくしは勘平役者で、これまでに五段目や六段目の勘平はたび〳〵勤めてゐますが、どういふ廻り合せか、道行の勘平は一度も勤めたことがありません。役者が五十七になつて、道行の勘平が初役といふのも可笑いぢやありませんか。まあ、若い者の御手本に遣つて見せてゐるやうなもので、おそらく終り初物でせう。』
　実際それは終り初物になつたのである。

　この引用だけで、綺堂の言う「日露戦争が終りを告げた頃」という意味が理解できるのではないだろうか。また五代目がどのような役者だったかも。しかも明治三十六年には菊五郎だけではない、劇聖團十郎をも失う。

　わたしは可なり感傷的の心もちで菊五郎の死をかいた。更に團十郎の死について語らなければならない。今日、歌舞伎劇の滅亡云々を説く人があるが、正しく云へば、真の歌舞伎劇なるものはこの両名優の死と共にほろびたと云つてよい。その後のものは稍や一種の変体に属するかとも思はれる。

前にもいふ通り、團十郎も菊五郎と共に近年著しく健康を害してゐたらしく見えたが、それでも菊五郎よりは半年ほど長く此世に踏みとゞまつた。さうして、多年の友人のためにその遺族等のあと始末をした。

（「團十郎の死　過ぎにし物語―続編の十三」大正14・2）

綺堂は「真の歌舞伎劇なるものはこの両名優の死と共にほろびた」とまで言う。菊五郎は二月に、團十郎はその年の九月に亡くなってしまう。菊五郎が亡くなったあとのわずかなあいだに團十郎は「遺族等のあと始末」をする。

菊五郎の遺子丑之助に六代目を相続させて菊五郎に、尾上栄三郎を梅幸に、尾上英造を栄三郎に、それ〴〵改名を披露させ、歌舞伎座の三月興行に於て團十郎自身がその口上をのべた。

（同前）

六代目を襲名した丑之助はまだ十九歳、丑之助から菊五郎の名跡を継ぐことになった。

その翌年の明治三十七年には左團次までもが死去する。「過ぎにし物語―続編」の最終章「日露戦争前後」（大正14・4）に記される。こちらも「半七捕物帳」と関わってくる。

わたしはそれからやがて東京を出発して、満洲の広い舞台で戦争の活劇を見物する人となつたので、その後の劇界の消息は内地から発送してくる新聞紙上で知るのほかはなかつた。その新聞も殆んど全紙面を戦争記事で埋めてゐるので、演芸界の出来事などはよく別らなかつた。

なんでもその年の九月なかばと覚えてゐる。遼陽戦がわが勝利に終つて、わたしが城北の大紙房（ターシーファン）といふ村落に舎営してゐる時のことであつた。満洲の秋は早いので、もう薄ら寒い風の吹出した夕暮に、内地から郵便物が到着したといふ通知があつたので、わたし達は急いで師団司令部へうけ取りにゆくと、岡本宛の分として五六通の郵書と一束の新聞紙とを渡された。新聞は廿日分ほどの嵩があつたので、わたしは小脇に引つかゝへて来た。宿舎へ帰り着くころには日も暮切つて、床の下には蟀（こほろぎ）が寒さうに鳴いてゐる。うす暗い蠟燭のあかりを頼りにして、わたしは先づ故郷の人々から送つて来た郵書を読んで、それから新聞紙の束をほどいた。さうして、だん〳〵に読んでゆくうちに、八月八日の紙上に市川左團次が昨七日死去といふ記事を掲げてゐるのを発見した。

『左團次もたうとう死んだか』

去年の十一月、東京座で彼の『碁盤忠信』を見物したのが私としては最後であつた。團菊以後の一人がこゝに又ほろびてしまつたのである。

日露戦争のとき、新聞記者として満洲に従軍しているあいだに左團次が死去する。綺堂はそれを一ヶ月以上も遅れて新聞紙上で知った。その悲しみをこのように表現した。前の年の菊五郎、團十郎の死についで左團次とつづいた無念さがにじみ出ているのではないか。「半七紹介状」（昭和11・9・10）の次の箇所は、左團次の死に重ねているとしか感じられない。

老人は八十二歳の長命で、明治三十七年の秋に世を去つた。その当時、わたしは日露戦争の従軍新聞記者として満洲に出征してゐたので、帰京の後にその訃を知つたのは残念であつた。（傍線・引用者）

わたしは半七のモデルになった老人の死を知らなかったのである。左團次の死のときも異郷で知ったのであった。「過ぎにし物語―続編」は、初代左團次の死で締めくくられている。そしてそのまま単行本『ランプの下にて』として刊行された。明治三十七年の従軍中に死去していたということで、岡本経一は、「なんだか初代左団次の死に合わせたような気もするのだけど」と述べているが、「合わせた」という以上に「半七紹介状」は左團次を偲ぶ文章なのではないか。いや、左團次ひとりではない。明治三十六、七年に相次いで逝去した江戸の残党が半七という人物をかたちづくったのではないか。昭和十年に刊行された『ランプの下にて』には、「ことしは五代目菊五郎の三十三回忌追善興行を催すといふ噂を聞かされて、明治劇壇も可なりに遠い過去となつたことを今更のやうに感じた」と序に記されている。大正十四年まで書きつづっていた「過ぎにし物語」と「過ぎにし物語―続編」を刊行したのは、序に記した思いが込められたからであろう。「半七紹介状」はその翌年の執筆である。「文政六年未年生れ」とここではじめて明記され、八十二歳の長命をまっとうした老人を登場させたのは、江戸の残党たちへのせめてもの供養だったと思われてならない。

「半七捕物帳」は、はじめは半七と「私」とが出会ったのは「日露戦争が終りを告げた頃」であった。明治三十八年と言ってよいだろう。その設定での「半七捕物帳」では、芝居に触れても直接演じられていることについては語っていない。「石燈籠」を例にとれば「白木屋のお熊が引廻しの馬の上に黄八丈のあはれな姿を晒して以来(このかた)、若い娘の黄八丈は一時全く廃れて了つたが、此頃は又段々に流行り出して、出世前の娘も劇(しばゐ)で見るお駒を真似るのがちらほらと眼に注いて来た」という語り方だし、「勘平の死」は素人芝居の忠臣蔵の一場面である。「半鐘の音」は猿芝居の猿が八百屋お七の役をやっていたという設定である。「春の雪解」も、半七が「わたくしはあの狂言を看るたんびに、いつも思ひ出すことがあるんですよ」と語るが、誰がどこに出たという話には決してなっていない。半七老人は、日露戦争のあと、というより菊五郎團十郎がいなくなったあとの芝居については語りえなかった。ここに左團次をくわえれば、もはやレクイエムになるほかない。そうした語りはできなかったのである。こ「日清戦争が終りを告げた頃」に出会ったことで、半七老人はわたしに團十郎菊五郎について語れるようになった。そのように書きかえたのである。もちろん半七の生年を変えることで「半七聞書帳」で半七が活躍できるようにもなった。はじめの設定では半七を活躍させるには窮屈になっていったのであろう。しかしそれだけではない。日露戦争後では半七老人に團十郎菊五郎を語らせることができなかったのだ。

「女行者」で半七老人とわたしとの出会いを書きかえたことで、明治三十二年の芝居について語れるようになった。「半七捕物帳」は團菊を直接語ることに切りかえられたのである。「半七捕物帳」には江戸のおもかげが描かれていて、それこそが重要だというのは、大正十一年四月の日付けを持つ新作社版『半七捕物帳』第一輯のはしがきに引きずられたからだとしか言いようがない。岡本経一は、この第一輯のはしがきについて、

おまけに綺堂先生は珍しく、はしがきに、探偵的興味以外に、物語の背景をなしてゐる江戸のおもかげ云々のお愛想を添えてある。（『綺堂年代記』）

と記している。経一氏にして「江戸のおもかげ云々」はお愛想に見えるわけである。震災後に書かれた「半七捕物帳」、あるいは震災後に書きなおされた「半七捕物帳」は「江戸のおもかげ」ばかりではない、失われた明治から大正にかけての東京の姿を半七老人に語らせている。さらには明治三十年前後の芝居についても具体的に記している。「江戸のおもかげ」あるいは「風物詩」といったことだ

けで「半七捕物帳」の魅力があるわけではない。明治の芝居を語り、さらには幕末の上野の戦いという、花田清輝[2]の言葉を借りれば転形期の時代層が刻印されているのである。

風物詩ということに話がおよぶと、白石潔の「季の文学」[3]に触れないわけにはいかない。白石が述べてから、あたかも捕物帳にとって必須の条件であるかのように言われるが、はたしてそうであろうか。たしかに、「軍閥と闘つた『捕物帳』」で白石は、

一、『捕物帳』が日本人の古来からの生活を左右する懐しい『季の文学』であつたこと。
一、『捕物帳』が小市民生活者の郷愁性を持つていたこと（つまり人情的だつた）
『捕物帳』のデーターである『季』は、わが国古代人がその生活の基調を自然界に置き、この季節の推移は、古代から自然に対する尊敬と驚異を与え、実生活そのものもすべて自然の支配下に、『機構』が建てられてあつたのである。
『万葉集』も『古今集』もそれの基調であつた。

と、「季の文学」ということを述べているが、戦時下に捕物帳が軍部に弾圧されなかったのは、日本文学の伝統にのっとっていたからだというのであって、捕物帳の条件として季節感を要求したわけではない。軍部に弾圧されなかった理由として述べていることを見逃してはならない。しかも、こんにち白石の文章を読んだとき、軍閥といいながらじつはＧＨＱを意識したことは明白だろう。時代小説

を忌避したＧＨＱがなぜ胡堂の「銭形平次捕物控」を禁止しなかったのか。白石はそれをここでこのように推測したのである。『探偵小説の郷愁について』は、まさに昭和二十四年に刊行されているではないか。この時期、ＧＨＱの検閲をおもてに出してものが言えるわけがない。表面上は軍部の検閲について述べているように見せかけ、じつはＧＨＱが捕物控を取り締まらなかったことについて書いたと考えて間違いあるまい。

ところが、白石の言ったことが一人歩きし、捕物帳から季節のみを読みとっているだけのエッセイがある。山室恭子は『歴史小説の懐』（平成12・7、朝日新聞社）で、

三月にやたらと事件が起きるのである。（略）死の影を際立たせ、かつ封じこめる効果。いささか理に落ちた絵解きのようだけれど、このような感覚がどこかではたらいて、しぜん花見どきの事件が多くなることとなったのではないか。なるほど、季節といえども気まぐれに設定されているのではなく、作者の鋭敏な感覚の発露なのだ。そう思って改めてデータを眺めてみると、事件頻発のピークがもう一つある。九件を擁する八月をはさんで七月が七件、九月が八件。十月になると急に二件へと落ち込んでしまうのに比して、夏から秋にかけてが半七親分にとって第二の繁忙期となっている。なぜだろう。こちらは簡単、ひゅーどろどろ、怪談の季節だからである。

と、述べているのだが、山室は「半七捕物帳」が雑誌に発表されたものであることをご存じないらしい。『文藝倶楽部』を舞台にした「半七捕物帳」は、大正六年一月から七月までのあいだ「半七捕物帳巻の一」から「半七捕物帳巻の七」として七話が連載され、翌年一月から六月にかけてあらたに六話が「半七捕物帳後篇」として連載された。大正八年には「半七聞書帳」とかたちをかえて一月から三月まで、大正九年四月から「半七聞書帳後篇巻の一」が始められ九月まで連載された。その間『新小説』や『娯楽世界』などにも掲載されたが、それは数として多くはない。昭和九年八月からは『講談倶楽部』に昭和十年十二月まで毎月連載し、そのあとは間をおいて四篇を掲載している。初出誌にあたってみればわかるとおり、花見どきを舞台にしているのは、その時期に発売される雑誌に掲載されるからである。とりわけ雑誌の七月号八月号は怪談を特集している。そこに「半七捕物帳」が依頼されているのだから、怪談仕立てになるのは当たり前ではないか。もちろん「半七捕物帳」のすべての話が発表時期とあわされているわけではない。「お文の魂」にはじまる最初の三話は、前の年に書かれていたものでもある。だが夏場は、怪談特集というだけではなく、「涼み台夜話集」、あるいは「怪奇探偵捕物名篇揃ひ」と銘打った小説の特集によって雑誌構成をしているのだ。今でも芸能誌を手に取ればわかるとおり、正月号の表紙は着物姿だったり、夏は水着姿のアイドルが表紙やグラビアを飾っているではないか。「半七捕物帳」も、初春と夏に発表されたものは季節感が横溢していることが多いのである。それにしても山室が書いた文章は月刊のＰＲ誌に連載されたものなのだから、あきれる他はない。

さて、本題に戻ろう。

『新演芸』に連載した「過ぎにし物語―続篇」は五代目菊五郎、九代目團十郎、初代左團次の死で稿を終えているが、『ランプの下にて』に収められたときも、この構成にかわりはない。明治の芝居の終焉、という以上に、歌舞伎の終焉を語って筆を置いている。哀切このうえない三篇だが、先ほど引用した「過ぎにし物語―続編」の「晩年の菊五郎」に記された菊五郎の「終り初物」という言葉はあまりにも哀しい。推測に過ぎないが、この言葉を含む一文は六代目菊五郎が読んでいたはずである。『新演芸』は菊五郎はもちろんのこと、多くの歌舞伎役者が文章を寄せているが、それればかりでなく「晩年の菊五郎」が掲載された大正十四年一月号の表紙は六代目だったからである。これを読んでいればこそ、菊五郎が「半七捕物帳」を芝居にかけることにこだわったのだと納得されるのである。

その年、大正十四年十二月七日の綺堂の日記[4]には、

……長田秀雄君が尾上菊五郎同道で来た。菊五郎はかの「半七捕物帳」を市村座の一月興行に上演したいから是非起稿してくれといふのである。併し帝劇や歌舞伎も断つた際であるから、どうも受けられないと断る。

と記されているのだが、翌る大正十五年一月五日の日記では、

旧冬市村座から頼まれてゐるので、半七捕物帳を出してみる。五巻のうちで差当り芝居になりさうなのは、勘平の死、三河万歳、人形使ひなどである。（略）六時ごろに市村座の柳田君が来て、半七捕物帳を是非とも二月興行に上演したいから、なんとか考へてくれといふ。三月興行でなければ書けないと云ふことは、旧冬よく断つてあるので、他の人々はみな諒解してゐるのであるが、菊五郎が一日も早くやつてみたいと頻りに催促するのである。これにはどうも困るが、それほどまでに希望してゐるならば何とか工夫してみようと答へて置く。

ということになっている。綺堂も、菊五郎の依頼に根負けしてしまう。いや、綺堂を根負けさせるほど菊五郎は熱意を持っていたのだ。翌日の六日には、「半七捕物帳は何にしようかと考へたが、先づ「勘平の死」をかいて見ることにした」ということで、いよいよ半七芝居が舞台にかかることになる。五代目についての綺堂の一文を読む者にとっては、「勘平の死」からはいることはもはや疑いようもない。渥美清太郎の劇評(5)によれば、次のような演出であった。

菊五郎は六段目を、初めから切腹までは忠実に見せた。一糸乱れぬ五代目型実に結構な勘平だつた。「うちとめたるは舅どの」に至つて、初めて劇中劇になるのである。

という堂々たる菊五郎の勘平を見せたわけである。まさに五代目の型を演じたのだ。それが切腹したところで、菊五郎は苦悶の表情を浮かべ、周囲の混乱した様子から「勘平の死」だったと気づくほどの演技で、観客は菊五郎の勘平と「半七捕物帳」との両方を楽しむことになり、大好評をもって迎えられた。「勘平の死」以降、菊五郎一座の半七物は、「お化師匠」、「湯屋の二階」とつづき、半七は六代目の当り役となった。

綺堂がつくりだした半七は、読者と観客と六代目菊五郎とによってより明確なイメージがつくりあげられたのである。このとき菊五郎は四十歳であった。昭和四年に刊行された春陽堂の『半七捕物帳』は、菊五郎によって上演されたあとに編集された刊本である。そこではじめて綺堂は半七の年齢を「四十二三」と変更している。

わたしが半七老人に出会うのが、初出では「日露戦争が終を告げた頃」であったが、昭和四年の春陽堂版で「日清戦争が終りを告げた頃」に書きかえられた。日清戦争と日露戦争との間は十年でしかないのだが、「半七捕物帳」にとって、あるいは岡本綺堂にとってはその違いはとんでもなく大きい。一冊にまとめられた『ランプの下にて』を終わりまで読むと、最後の三つの章は、菊五郎、團十郎、左團次の死で締めくくられている。日露戦争前後にこの三人は死去しているのだ。大正六年から発表された「半七捕物帳」とは、團菊左がいなくなったところで語られている作品なのである。「過ぎにし物語―続編」の「晩年の菊五郎」に、綺堂はこう書き記す。

菊五郎としてはこの「弁天小僧」が最後の舞台であつた。かれは明る三十六年の二月十八日、六十歳を以てわが劇界と永久の別離を告げた。

菊五郎の死ばかりではない。日露戦後の劇界には、團菊左がいなくなってしまう。そのため半七老人は芝居についての話はできても舞台を語ることはできない。それが、明治二十年代の設定であれば「馬盥の光秀」における團十郎の光秀を語り、十年代を思い起こせば「四千両小判梅葉」での九蔵の藤十郎、菊五郎の富蔵について語ることができるのだ。作品中で半七老人が嬉しそうに語っているのは、團十郎であり菊五郎なのである。もちろん他にも九蔵、訥升も語られる。しかし当初に設定された「半七捕物帳」の年代では、半七老人は團菊左を語ることができなかった。後期の「半七捕物帳」は、明治二十年代にわたしが半七のもとを訪れるという設定にしたからこそ、さまざまな舞台の話題を取りこめるようになった。いや、もしかすると、そのために改変したのかとも思いたくなるほど芝居話が生き生きと語られる。明治二十年代の芝居に育てられた綺堂であれば、團菊によって芝居の眼を見開かされたことはまちがいない。明治三十年代後半からは、それまでの感覚とは異なってしまったのであろう。だからといって、三十年代から綺堂が芝居と関わらなくなってしまったわけではない。二代目左團次や六代目菊五郎との仕事ぶりはここに記すまでもあるまい。しかし、さらに、客層の変化があったことも大きかった。大正十年一月の「團十郎の活歴　過ぎにし物語―その六」には書かれていなかったが、昭和四年に『歌舞伎』に再連載されたとき、次の文章が書き加えられた。

劇場の観客（けんぶつ）の行儀が最も悪かつたのは明治の末年から大正十年前後にわたる約二十年間であつたと思ふ。その原因は、團菊左といふやうな名優が殆ど同時に世を去つたので、観客はおのづから舞台の上を侮るやうな気味になつて、ひやかし半分にわい〳〵騒ぎ立てるやうになつたのか、もう一つは、前は日露戦争、後は欧洲大戦の好景気のために今まで劇場内へ足を入れなかつたやうな観客が俄に殖えて、それ等が一杯機嫌などで無暗に騒ぎ立てるので、それが又一種の群衆心理を醸し成して、劇場へゆけば皆騒ぐものといふやうな悪い習慣を作つてしまつたらしい。

（「明治劇壇過ぎにし物語㈦」『歌舞伎』昭和4・12）

綺堂としては、それまでの名優がいないうえに、観客の風儀までが悪くなってしまったというのでは、現在の芝居などではなく、過去に見た芝居について回想せざるを得なかったのであろう。その思いが芝居話をする半七老人に投影しているのである。だが、明治二十年代であれば、聞き手として登場する「わたし」とは若き日の綺堂である。いや、駆け出しの記者で劇評家の狂綺堂が、「半七捕物帳」でよみがえっているのかもしれない。

半七芝居余話

芝居になった「勘平の死」についての渥美清太郎による評は前述したとおりだが、江戸川乱歩の評価は異なっている。いや、けっして貶しているわけではない。「半七劇を一つの劇として見たのではなくて、いはゞ探偵趣味的に覗いた、感想漫談に過ぎない」と断ったうえで次のように述べている。

……角太郎の勘平が切腹してからの段取りに、一寸不審が打ち度い。素人芝居のこと故役者はさぞ夢中になつてゐたものと想像するがそれにしても、あんなに無造作に腹が切れるといふのもをかしければ、暫くせりふをいつてゐる間、傷の痛みに気がつかないのも変だ。本身でなくて金貝張りの場合でも、本気につけば痛いのだから、仮令素人にしても、役者たるもの手心をして切腹する筈だ。その為に命を落す程の深手を負ふとは、何としても変だ。（略）

要するに、この芝居は失敗ではないまでも、大成功とはいへないものである。あれから六段目と菊五郎を引去つて了ふと、あとに残る正味の探偵劇の興味といふものは、甚だ貧弱ではないかと思ふ。

（江戸川乱歩「半七劇素人評」『演劇・映画』大正15・3）

小説として書かれた「勘平の死」では、角太郎が死んでしまったあと、事件として扱うところから語られていく。それを戯曲にしたところで、素人芝居が中断され角太郎が仰臥している場面から始められた。じっさいの芝居では、角太郎が勘平を演じている場面からの幕開きとなったようである。切腹の場面で腹を突いてしまった角太郎が、「暫くせりふをいつてゐる間、傷の痛みに気がつかないのも変だ」と乱歩は述べたのである。本身で腹を突いてしまったのに、勘平のせりふを続けていることに違和感をおぼえたのであろう。

ここは、菊五郎の強い要請によって芝居にした半七捕物帳である。戯曲として発表された「尾上菊五郎上演用脚本　半七捕物帳」（『演劇・映画』大正15・2）を読むかぎりでは、腹を突いてしまった角太郎が奥座敷で半死半生の状態で横たえられているところから始まる。芝居の演出は渥美清太郎と江戸川乱歩の劇評によって知ることができる。渥美の評でわかるように、角太郎を演じる菊五郎が勘平を演じるので、この芝居はまさに歌舞伎の様式にのっとったものであることは間違いない。渥美はそこを高く評価したものであろう。菊五郎が素人芝居を演ずるのではなく、完全に五代目型の勘平を演じたことで観客は大喜びをしたのである。それとは逆に推理劇としては弱点になっているというのが乱歩の指摘となっている。

ところで、角太郎を演じた菊五郎の苦しみ方があまりにも真に迫っていたためと、まわりの役者が見事に慌てふためいたことにより、次のような事態を招いてしまった。後日の菊五郎の談話からの引用である。


新橋の演舞場で、『半七捕物帳』の内の『勘平の死』を上演した初日に、六段目の末になつて、私の勘平役が腹を切る処、その小道具が本物の刀と入替つてゐて、本当に悶え苦しむ大騒ぎから、芝居が出来なくなつて幕になるのが、此狂言の一つの趣向であるのを、そんな事はちつとも知らずに、観客席に見てゐた私の主治医の市川先生が、舞台の混乱振りに吃驚して、花道へ飛上つて舞台へ駈けて来て、『どうした〳〵怪我でもしたのか、見せろ〳〵』と云ふのです。私は即座にそれと察して、『先生、今のは芝居ですよ、いつもの忠臣蔵とは違ふんです』と説明をしても、まだ合点が行かないらしく、『何故そんな事をするのだ、冗談にも程がある』と怒つて了つたので、困つた事がありました。

（尾上菊五郎「勘平の死」『役者』第壱号、昭和22・6）

岡本綺堂は『三浦老人昔話』のなかの「権十郎の芝居」で、安政四年に芝居見物をしていた侍が天竺徳兵衛役の市蔵に斬ってかかったという騒ぎを三浦老人に語らせているが、綺堂の作品でこのようなことが起きてしまった。

注

（1）『新演芸』に十一回まで連載した「過ぎにし物語」が、『歌舞伎』には十二回にわたって再連載されたので、『新演芸』の回数をとって十一回と記した。
（2）たとえば「捕物帳を愛するゆえん」（昭和31・11）などに見られる。
（3）白石潔『探偵小説の郷愁について』（昭和24・2、不二書房）による。
（4）『岡本綺堂日記』（昭和62・12初版、平成1・9再版、青蛙房）による。
（5）渥美清太郎「「勘平の死」見物」（『サンデー毎日』大正15・2・21日号）による。

第六章　謎蠟燭解四千両（なぞのろうそくとけてしせんりょう）

「金の蠟燭」における芝居

「金の蠟燭」（昭和9・9）は先行する芝居を取りいれているが、その作品自体も、じっさいにあった事件を捕物帳に仕組んだものである。初期の作品「槍突き」（大正8・2）でも文化三年と文政八年に起きた二度の槍突き事件を作品に取り込み、どちらも下手人を七兵衛が突きとめるというように作品内の時間の流れを工夫している。

ここで触れるのは『講談倶楽部』に発表した「金の蠟燭」である。

「金の蠟燭」は、安政二年三月に起きた御金蔵破りを背景としている。この御金蔵破りというのは現実に起こった事件で、『武江年表』の朝倉無声による補訂箇所に、

〔無補〕同六日夜、御本丸御金蔵内の金子、小判にて四千両紛失す。上槇町清兵衛地借藤岡藤

十郎（三十九歳）富蔵と共謀し、木を以て合鍵をつくり盗みとりしが、安政四年二月二十六日、露顕して召捕へられ、五月十三日両人引廻しの上、千住に於いて磔刑に処せらる。

と記されている。明治になって、江戸城の御金蔵破りも他の時代に置き換えずに描けるようになったので、黙阿弥が「四千両小判梅葉」に仕立てあげた。綺堂は「過ぎにし物語」の第十回「演劇改良と改作」（大正10・6）のなかで「四千両」の外題のみ出しているのだが、「半七捕物帳」の「金の蠟燭」は、蠟燭に見せかけた金が発見され、御金蔵破りで盗まれた金ではないかと半七たちはいろめきたつ。ところがなんら関係がない別の事件だったということで解決される。下手人の富蔵も藤十郎も安政四年に捕まったことがわかっている。そういうなかで事件を仕組んだのである。蠟燭に見せかけるという話には別に典拠があった。綺堂が「支那小話三題」と題して雑誌『騒人』（大正15・8）に訳出したものの一話である。以下、紹介する。

蠟燭

南宋の秦檜が天下の権を握つて、その毒焔は天を灼くばかりの時である。雅州の太守なにがしが秦檜の誕生日を祝するために、華麗なる贈りものを一車に積ませ、それを十余人に守らせて都に送つた。その途中、日暮れて鄂州の三山にさしかゝると、俄に大雨に出逢つたので、路ばたの茅屋に一時の雨やどりをすると、その主人は甚だ貧しい書生であつた。

『お気の毒であるが、御覧の通りの破ら家で、とても皆さま方のお宿をするわけには参りません。これから五六町お出でなさると、そこには魚氏といふ好い旅舍があります。』

『では、案内してくれ。』

書生に案内させて、一行はその旅舍にゆき着いたが、日は暮れかゝる、雨はまだ止まないので、今夜はこゝに泊まることにした。この一行がどういふ使であるかを知つた旅舍の主人は、一方ならず彼等を歓待して、魚肉を択んで酒をすゝめた。

『お前さん。あの車の物をみんな手に入れゝば、わたし達は浮み上れるといふものだよ。』と、宿の女房がさゝやいた。

『むゝ』と、主人も考へた。『だが、相手は十人、おれ一人ではどうにもならないではないか。』

女房は笑つて鼠捕りの薬を取出した。その秘計が首尾よく成功して、一行十人はこと〴〵く毒酒に仆れてしまつた。車の内には金銀珠玉を鏤ばめた置物や、綾錦の巻物などがある。それらは一先づ穴倉の底に隠したが、ほかに長い蠟燭百本がある。こんな物は差したる値もないといふので、段梱の下に投げ込んで置くと、それから一月余りの後に、さきに彼の一行をこゝへ案内して来た書生が結婚することになつた。

まんざら知らぬ顔も出来まいといふので、魚氏の家からは祝ひ物として彼の蠟燭二本を贈ると、幾日かの後に彼の書生が礼に来て、あの蠟燭があるならばもう一本呉れまいかといふ。沢山あるのであるから、吝まずに又一本を贈ると、幾日かの後に書生は又それを貰ひに来た。かういふことが三度も五度も重なるので、旅舎の夫婦も不審に思つて、試みにその蠟燭の一本を打ち砕いてみると、それは黄金の延べ棒を心にして、その上に蠟を着せたものであつたので、夫婦もびつくりした。黄金の延べ棒が惜いといふよりも、彼の書生に自分達の秘密を覚られたのが怖ろしかつた。

『あいつは生かしては置かれない。』

夫婦は書生夫婦をだまして連れ出して、ひそかに彼等を殺してしまつた。さうして、ほとぼりの冷めた頃に、夫婦はこゝを立去つて。（ママ）漢陽に移つた、（ママ）漢陽は繁華の地である。主人の懐ろには金がある。かれは俄に浮かれ出して、ある美人を妾にして、わが家へは碌々寄付かないやうになつたので、女房は嫉妬の角をふり立てた。

『お前さんが斯うなつたのは誰のおかげだと思ふ。今更そんな放埒を働くならば、わたしはあの事を訴へて出るよ。』

主人もそれには脅かされて、当分はおとなしくしてゐたがもう遅かつた。かれがある娼婦にあたへた珠玉の作り花には雅州の太守の姓名が刻んであつたので、それから足が付いて彼は間もなく召捕られた。女房も同時に牢獄に送られた。かれらは一切の罪を白状して、いづれも磔殺の刑に行はれた。　（鬼董）

話の後半、金の延べ棒を芯にしてその上に蠟を被せたというところは、綺堂はそのまま使っている。それればかりではなく、金の蠟燭はもともと盗んだものであること、盗んだ結果裕福になり、夫のほうが女に浮かれ、妻が嫉妬するという筋道も同じである。しかも蠟燭を盗んだことをネタに、亭主を脅すところも一致している。このことからこの話を「金の蠟燭」の典拠と考えてさしつかえあるまい。「金の蠟燭」の場合、女房が嫉妬の果てに蠟燭をかかえて身を投げたことが、事件の発端になっている。脅すだけではなく証拠の品を持って自殺させることで、半七に御金蔵破りと関係があると思わせるように構成している。もともと半七老人が語りはじめるきっかけが、安政二年の御金蔵破りが「四千両小判梅葉」に仕立てられたことだったため、読者にとってもはじめのうちは別の事件だとはわからない。つまり江戸城御金蔵破りがあった直後に時代を置き、『騒人』に訳載した物語で事件を構築させた。

ところで、「金の蠟燭」では、富蔵と藤十郎が御金蔵破りを働いたのは「安政二年二月六日」と記されているが、『武江年表』などには「安政二年三月六日」と記載されている。翌年に発表された「川越次郎兵衛」(昭和10・12)でもこの御金蔵破りに触れているが、こちらは「安政二年三月六日」となっているので、「金の蠟燭」は単純な誤植で訂正の機会を失ったものと思われる。

捕物帳の「金の蠟燭」は、事件とは関係がなかった御金蔵破りについて半七老人がわたしに語りはじめ、それを芝居にした「四千両小判梅葉」に言及していく。「明治三十年前後の此の時代に」というわたしの語りのあとで、

　この御金蔵破りの一件は、東京になつてから芝居に仕組まれて、明治十八年の十一月、浜町の千歳座で九蔵の藤十郎、菊五郎の富蔵といふ役割でしたが、その評判が大層好いので、わたくし

も見物に行つて、今更のやうに昔を思ひ出したことがありました。

と語りおこされる。ここで、半七老人が「その評判が大層好いので、わたくしも見物に行つて」と言っているので、「その評判」なるものを河竹登志夫の解説から引用する。

何といっても眼目はこの牢内で、この場の成立について田村の記述をみると——彼が昔、前科係りとして牢屋敷に奉職していた時分に、東の二間牢の名主代をしていた砂糖屋の清坊という元吉原の遊び人と、西の二間牢の角役だった佃島無宿入墨の万吉という二人の男が、堅気になっているのをたずね、牢内の様子を菊五郎にくわしく話してきかせたという。つまりこの二人に考証・演出指導をさせたのである。

だから万事が実際どおりだといえるわけで、牢内の風景や、牢名主、隅の隠居、二番役（富蔵の役）、三番役等の序列配置やしきたり、富蔵が眼八を打ちすえるときのキメ板のつかいかた（略）。伝馬町界隈のムードを出そうという「黙阿弥の名趣向」であった。

（河竹登志夫「解説　四千両」『名作歌舞伎全集　第十二巻』昭和45・12、東京創元社）

……狂言自体も「久々にて九蔵と菊五郎の顔が合い評判市中を動かし殊に牢内の場が呼び物になり非常なる大入を占むるに及べり」という。序幕で藤十郎と富蔵が会い、久しぶりだというのは、

九蔵（七世團蔵）と菊五郎の顔合せを当てこんだもので、これが大当りの一つ。（傍線・引用者）

（同前）

ということであった。さてその傍線を引いた藤十郎と富蔵が出会った場面で、

藤十郎　おゝ富蔵か、思いがけない所で逢ったの。
富蔵　久しくお目に掛かりませぬが、いつもお変わりはござりませぬかな。

というやりとりになっている。これは芝居のうえでは藤十郎と富蔵が久しぶりにあったということだが、演じている九蔵と菊五郎が久方ぶりの顔合わせの出会いでもあったという、いわば役者にあてた会話になっている。こういうところでも観客に大いに受けたことは想像に難くない。

河竹登志夫の解説の前半で触れている牢内の様子というのは、それまで世間には知られていなかった牢屋の中を芝居にとりこみ、さらにいわば経験者の方々から聞き出して芝居に仕組んだということで、いちだんと話題になったはずである。

「新カチカチ山」

もうひとつ芝居に関わってくる話として「新カチカチ山」（昭和10・3）に触れたい。「新カチカチ山」は、次のようにはじまる。

明治二十六年の十一月なかばの宵である。私は例に依つて半七老人を訪問すると、老人はきのふ歌舞伎座を見物したと云つた。
『木挽町はなか〳〵景気が好うござんしたよ。御承知でせうが、中幕は光秀の馬盥から愛宕までで、團十郎の光秀はいつもの渋いところを抜きにして大芝居でした。愛宕の幕切れに三宝を踏み砕いて、綱襦袢の肌脱ぎになつて、刀をかついで大見得を切つた時には、小屋一ぱいの見物がわつと唸りました。（略）
『今度の木挽町には訥升が出ますよ。助高屋高助のせがれで以前は源平と云つてゐましたが、大阪から帰つて来て、光秀の妹と矢口渡のお舟を勤めてゐます。三四年見ないうちに、すつかり大人びて、矢口のお舟なぞはなか〳〵好くしてゐました。

と、團十郎を目の前で見ている時制で語っている。「きのふ歌舞伎座を見物した」という芝居は「愛宕連歌誓文台」で、若き日の綺堂がじっさいに見ており狂綺堂の名で次のような劇評をしたためている。

中幕（なかまく）「愛宕連歌誓文台」の「都本能寺の場」にて新蔵の織田信長押出しは少しく無理なれども光秀と呼吸のヒタ〳〵合ふて五分も透かざるは流石に感服の外なし團十郎の明智光秀確かに惟任将軍と見受けぬ馬盥を差出されてム、と眼を付るあたりは芝居で無し活歴で無し唯だ自然の趣あるは斯優（このひと）独得の伎倆と云ふべき歟（か）妻の切髪を見て初めは怪み後にはやう〳〵思当りて扨（さて）はと頷く所など悪く騒がずして好し箱を抱への引込の如きは斯優にして斯の出来は怪しむに足らずと云ふもあれど兎に角結構と云ふ評には異論なかるべし

（「歌舞伎座漫評（下）」『中央新聞』明治26・11・18）

この芝居については、三木竹二も『観劇偶評』(1)（「明治二十六年十一月　歌舞伎座」）で評しており、ともに成田屋（くだいめ）を絶賛している。

「馬盥の光秀」についで半七老人の口から語られる「神霊矢口渡」についても、綺堂は「歌舞伎座漫評（上）」で、次のような評を記している。

第二神霊矢口渡「頓兵衛内の場」は誰も知る福内鬼外の作にして古い〳〵と云ひながら何日（いつ）見ても面白きは不思議なり、訥升の娘お舟メッキリ躰造（なりづく）つては来たれども何処やら失せぬ稚気（をさなぎ）が却つて此の處女（おぼこむすめ）には適当（うつてつけ）か義峯と色合の間は未だ何うかと思ふ所なきにあらねど手負になつてからは実に中分の無い出来にて太鼓の件（くだり）などは別（わ）きて人の眼を覚しぬ

（『中央新聞』明治26・11・16）

まさにこのときの芝居を「半七捕物帳」で語ったのである。半七老人の劇評は綺堂の劇評そのものである。

ところで、新作社版の「女行者」で明治三十二年の芝居を書き加えたことにより、半七老人と私との出会いを「日露戦争が終を告げた頃」にしたままでは矛盾してしまい、春陽堂版で「日清戦争が終りを告げた頃」と書きあらためた。ところが「新カチカチ山」で「明治二十六年の十一月なかば」に半七老人を訪ねたと語ることで、ふたたび齟齬をきたすこととなった。そこで「半七紹介状」で「明治廿四年の四月、第二日曜日」に出会わせることにして、この矛盾を解消した。たびたび繰り返すが、「半七捕物帳」の最初の設定は「日露戦争が終を告げた頃」であった。明治三十八年では、「金の蠟燭」「新カチカチ山」の語りはできない。「日露戦争が終を告げた頃」から「日清戦争が終りを告げた頃」への変更は単に十年さかのぼらせただけのことではない。十年さかのぼらせたことで語れることが変わったのである。

「地蔵は踊る」

「半七捕物帳」に織りこまれているのは、江戸の随筆や芝居ばかりではない。「金の蠟燭」の他にも中国の話を典拠とした捕物話もある。安政六年を舞台にした「地蔵は踊る」（昭和11・11）は、寺にある地蔵の台座の下に抜け穴をつくり、地蔵を前後左右に揺らして踊るように見せ参詣人を集めていた。ある朝、その地蔵に縛りつけられて息絶えている女が発見された。それを半七が解決するのだが、動く地蔵というのは『棠陰比事』[2]のなかの一話をもとにしている。岩波文庫(四十八話)の訳にしたがえば、以下のとおりである。

石晋の高祖が、鄴を治めていたときのことである。魏州冠氏県の華村の寺院に、高さ一丈あまりで、中が空洞になっている鉄の仏像があったが、ある日にわかに、

「仏さまがものをいわれて、お説教をなさるそうだ」

という噂がたち、僧侶たちがしきりにありがたがったので、その評判があたりにひろまり、人々が続々とやってきてお布施がたくさん集まった。

県ではそのことを府の役所へ報告した。そのとき高祖は、真偽のほどがわからなかったので、武官の尚謙という者に、お参りをしながらそれをさぐるように命じた。

そのとき親衛隊の張輅という者が自ら願い出ていっしょにいったが、あやしいと睨んで、部下の兵に寺を囲ませ、僧侶たちをみな修行場へ追いやっておいて、ひそかに僧房を開けて調べてみた。と、一つの穴があって、仏像の台座の下に通じていたので、その穴から仏像の胴の中へ入って、大声でいちいち僧侶たちの悪行を責めた。武官はそこで、その主謀者を捕えた。

高祖は主謀者を誅罰に処するよう命じ、輅を長河県の主簿に抜擢した。

綺堂がどのようなかたちで読んだかは不明だが、文庫の解説に「元禄（一六八八―一七〇四）頃最も流布したのは、ほとんど羅山の訓点に従った須原屋伊八板の『棠陰比事』三巻である」（駒田信二）と記されているので、該当の話を須原屋板から引用する。

石晋高祖鎮鄴時魏州冠氏縣華村僧院有鉄佛一軀高丈餘中心且空一旦忽云佛能語似垂教戒徒衆称贊聞于鄉縣士庶雲集施利填委縣中州府高祖莫測其事命衙将尚謙持香詣供且験其事有三衛張輅請與偕行詰其妖狀乃率人囲寺盡遣僧出赴道場輅乃潜開其僧房捜得一穴通佛座下即由穴入佛身厲声歴数諸僧過悪衙将遂擒其魁高祖命就彼戮之以輅為長河縣主簿

『支那怪奇小説集』（昭和10・11、サイレン社）を刊行するほど、志怪小説に通暁していた綺堂なれば、原文のままで読んでいたと思われる。中国の原話を江戸におきかえ、それを事件の発端に用いて半七に活躍させたわけである。大田南畝の「半日閑話 巻之十三」（『大田南畝全集 第十一巻』昭和63・8、岩波書店）の安永三年の箇所に、

◆石地蔵踊る

十八日頃、四ツ谷ゼウ運寺横丁寺の石地蔵躍よし。訛言なり。

という記述がある。これだけだが、題名との重なりが気になるところである。

「薄雲の碁盤」

「薄雲の碁盤」（昭和12・1）のなかで「旦那は深川の平清に来てゐる」と言ってお俊を呼び出したという平清は、江戸から明治にかけて有名な料理屋で、國貞や英泉、[3]芳年等によって描かれている。余談だが、谷崎潤一郎の「刺青」（明治43・11）にも登場する。谷崎は「刺青」を書くにあたって『日本社会辞彙 下巻』[4]を参照していたが、綺堂も「刺青師の話」（大正2・6）を書くときに同書を用いたと思われる。主人公の名がともに清吉であるのは偶然ではあるまい。「刺青」を意識していたことは間違いない。

その平清については、明治になってからのことだが、「明治の初年の深川で、料理屋では、何と云つても平清が一番でしたが、平清の女将さんは、会津様のお妾をした女で、その頃三十代で品の宜い美人、従つてあすこは、料理屋でもまるで大名の御屋敷のやうな、オツトリした静な家でした」（吉町水戸屋隠居）という談話がある（『漫談明治初年』昭和2・1、春陽堂）。明治三十二年の廃業なので、谷崎が「刺青」を発表したときはすでに廃業した後であり、「薄雲の碁盤」はさらにその後に執筆されているので、ふたりの作家にとっては江戸の名残りを感じさせる料亭だと思われる。

ここに書かれた事件の前年（文久二年）に「相撲の人殺し」が語られているのは、『武江年表』の、

> ○四月（日を失す）、角觝人（すもうとり）小柳某口論の遺恨をうけしが、夜中同輩不動山某と殿（しんがり）某と二人、小柳が僑居（かりたく）に忍び入りてかれを斬害し、即時二人とも官府へ自訴す。

と記載されていることからとったものであろう。

また、たとえば「大森の雛」（昭和10・1）に、「畜生だつて相当の料簡がねえとは云へねえ。主人を救つた犬もある。恨みのある奴を突殺した牛もある」と半七が話す一節があるが、牛のことは『南総里見八犬伝』における船虫を殺す場面によったものであろうか。綺堂の「半七捕物帳」は、ひとことひとことに典拠由来をもつことがある。

「薄雲の碁盤」に話を戻すと、今井金吾[5]は『武江年表』から元禄十四（一七〇一）年元日の記述に注目する。

> ……永代橋の辺に大河内何某殿御屋敷ありしが、今年正月元日、玄関へ何の故とも知れず女の首級あり。人々驚きしに、歳首に人の頭を得る事、武門の祥瑞なりとて是れをまつり、堅牢地神に崇む（世人誤りておけんろさまといひける）。後に何ものか遊女高尾の社なりと云ひふらしけり。

今も永代橋の側に小祠あり。

綺堂はこの挿話を半七老人に語らせ、「薄雲の碁盤」という探偵物語を紡ぎだしたのである。

注

（1）岩波文庫『観劇偶評』（平成16・6）による。
（2）岩波文庫『棠陰比事』（昭和60・1、平成4・7第7刷）による。
（3）本書カバーの装画は英泉の「深川土橋 平清」（「当世会席尽」より）である。
（4）『日本社会辞彙 下巻』（明治41・12第三版、経済雑誌社）。細江光が「『象』・『刺青』の典拠について」（『甲南国文 第39号』平成4・3）で、本書を「刺青」の典拠だと指摘している。
（5）今井金吾「「半七捕物帳」を生んだ「武江年表」」（『KAWADE夢ムック文藝別冊 岡本綺堂』平成16・1、河出書房新社）。

第七章　二人悪婆夜叉譚（ににんあくばやしゃものがたり）

「大坂屋花鳥」と「嶋千鳥沖津白浪」

現在ではちょっとタチの悪い女性のことを「悪女」と呼ぶようである。小池真理子が『知的悪女のすすめ』を書いてから、悪女も眉をひそめて見られる存在ではなくなった。むしろそこが魅力的だという見方に転換されてきたのであろうか。だが、実のところ悪女という言葉は、もともとは極めて美しくない女性をさしていた。代表は「死霊解脱物語聞書」の累（かさね）であろうか。

さて、よからぬ女性という意味では毒婦という言葉があり、春水にも馬琴にも見られるけれど、[1]明治になってから一般化したようで、江戸期では悪婆といっていた。悪婆というと、どうも高齢の方のように見える文字が入っていて申しわけないが、苦情を言ってくるむきはないと思うので、遠慮なく悪婆と呼ぶことにする。

「石燈籠」（大正6・2）にも春風小柳という悪婆が登場するが、ここでは後期「半七捕物帳」から

「大坂屋花鳥」（昭和9・11）と「蟹のお角」（昭和10・9）にご登場願う。

「大坂屋花鳥」は次のような書き出しではじまる。


明治三十年三月十五日の暁方に、吉原仲の町の引手茶屋桐半の裏手から出火して、廓内百六十戸ほどを焼いたことがある。無論に引手茶屋ばかりでなく、貸座敷も大半は烟となつて、吉原近来の大火と云はれた。それから四五日の後に半七老人を訪問すると、老人は火事の噂をはじめた。

『吉原が大層焼けたさうですね。あなたにお係り合ひはありませんか』

『御冗談でせう。併し六七年前に焼けて、今度また焼けて、吉原も気の毒ですね』と、わたしは云つた。

こうした会話から、江戸時代に吉原で起きた火事の話になり、花鳥の火付けへと導いていく。それにしてもここで半七老人が若いわたしに「あなたにお係り合ひはありませんか」と聞くあたり、なかなか洒脱な人柄ではないか。そういえば「歩兵の髪切り」でも、わたしと出会った半七老人は、「今の若い方にしちやあお珍しい。帰りは洲崎へでもお廻りですか」と笑いながら尋ねたりしている。
それはさておき、このときの吉原の火事については『時事新報』に「新吉原の大火」という見出しで、
昨日午前五時吉原（角町一番地桐半事清水松蔵方及び江戸町二丁目十一番地同業兼玉事野崎ユ

ウ方にて目下火元争ひ中）より出火し角町（全焼十一、半焼六）江戸町二丁目（全七十四、半三、土蔵一）東町（全二十六、半五、土蔵一）廓外五十間（全二、半二）に延焼し全焼百十三戸半焼二十六戸土蔵二棟を烏有に帰し同八時五分鎮火したり　（『時事新報』明治三十年三月十六日）

というあらましが記され、焼けた貸座敷なども詳細に報じられているが、とりわけ遊廓の火事ということでたいへんな騒ぎであった。半七老人の言に頷かれるものがあるので少々より道をしたい。同じ紙面によれば、

何が扨（さて）場所が場所なり翠鬟（かむろ）の泣喚き娼妓の駐狂ひ老幼の援（たす）けを呼ぶ声凄まじく叫喚阿鼻の惨状は夢に夢見る心地の嫖客是も寝衣の儘に逃惑ひ行燈と共に勘定を踏倒しゝどろもどろに成行ける有様を側に見る目に笑止とも思はず火事は吉原と聞いて潔く床を離れ一目散に駈け付けたる弥次馬連雲霞の如く大門は這入れぬとて大抵は非常口より飛込みたるも火先は東町より廓外に出で尻火は角町の角にて消留めたれば見るによしなく序（ついで）に娼妓の立退き先を素見かし呉れんとて昨夜の西施は今朝の無塩鼻アナ気の毒と罵りつゝ人の軒下に春雨を凌ぎ居る様いと呑気なりし折から西風吹出せしかば火はいよ〳〵暴れ廻り田中楼、勝本楼の二軒に延焼するよと見る間に火焔は風に撫でられて久花井楼を囲み此より二手に別れて……　（同前）

という有様であった。午前五時に起きた遊廓の大火事である。まことに悲惨だったはずだが、明治三十年の新聞記事どこか戯作調、半七老人がわたしに問いかける言葉を引き出してしまうのであろうか。それに答えるわたしの生真面目さも「吉原も気の毒ですね」とつづき、弥次馬の「序に娼妓の立退き先を素見かし呉れんとて昨夜の西施は今朝の無塩鼻アナ気の毒と罵」る態度とは大違いである。

さて、花鳥は『日本伝奇伝説大事典』(2)によれば、文化十一（一八一四）年から天保十二（一八四一）年にかけて実在した人物である。放火の罪で八丈島に流され、島で出会った佐原の喜三郎ほか五名、計七名で島抜けをしたが江戸で捕えられてしまう。伝馬町の牢に入れられ、天保十二年四月三日斬首された。これをもとに柳亭燕枝が「嶋千鳥沖白浪」として口演し、伊東橋塘が同題の実録小説にした。明治二十七年に雑誌『百花園』に「島千鳥」の題で春風亭柳枝が載せており、のち『近世実録全書』第十七巻（大正6・8、早稲田大学出版部）に「佐原の喜三郎」として収録された。現在では伊東橋塘の「島千鳥沖白浪」は、国会図書館のデジタルコレクションで読むことができる。

綺堂は、雑誌『舞台』（昭和10・7）に載せた「西郷山房随筆」で、

燕枝の人情話の中で、彼が最も得意とするのは「嶋千鳥沖津白浪」であつた。大坂屋花鳥に佐原の喜三郎を配したもので、吉原の放火や、伝馬町の女牢や、嶋破りや、人殺しや、その人物も趣向も彼に適当したものである。これは明治廿二年六月、（略）通し狂言として春木座に上演された。

と述べていることから、少なくとも綺堂は人情話や芝居での花鳥をよく知っていたことは間違いない。
「半七捕物帳」の花鳥と『日本伝奇伝説大事典』に記載されている花鳥とでは年代にずれがあるので、以下に記す。

「半七捕物帳」
二度の大火（天保六年、天保八年）……花鳥とは無関係。
天保十年捕まる。
天保十一年島抜け。
〔捕物帳における事件〕天保十二年
娘義太夫三十六人牢送り、翌天保十三年三月釈放される。
花鳥は天保十三年五月に獄門になる。

『日本伝奇伝説大事典』
文政十一年十月、八丈島に流される。
天保九年島抜け。
天保十二年四月三日死罪になる。

「半七捕物帳」で起きた事件の設定が天保十二年七月なので、実在した花鳥はすでに死罪になった後のことになる。「半七捕物帳」では、牢内で娘義太夫に淫らがましいことを花鳥がしたことにしているが、『日本伝奇伝説大事典』ではそれはありえないこととしている。『武江年表』の天保十二年の項、朝倉無声が補足した箇所に、「十一月二十七日夜、娘浄るり三十六人召捕られ入牢、翌年三月落着す」という記載があるが、すでに花鳥が死罪になった後のことだからである。

会うはずのない娘義太夫と花鳥とを出会わせているのは喜多村筠庭である。「きゝのまに〳〵」(3)の天保十四年の項に次のような記述がある。

○寄(よせ)と云人集め所、御法度出たる頃、女の浄るり語り寄場に出て興行する者共、よからぬ事共有、売女にひとしきも有て、多く召捕はれて入牢したり、其頃牢名主といへるハ、もと花鳥と云し遊女にて、犯し有て遠流せられしが、島より逃帰りて、暫く松島町に隠れ居しが、芝居見物に行て捕られたりとか、此女今度新たに入たる小女共を、いたくさいなみ、前陰に物を挟み、又塩をつめなどして責たりとかや、其内にも故や有けん、染之助といへる女ハさせるめも見ざりしと、出牢の後語りけるとぞ、花鳥も程なく刑せらる、

ここには「半七捕物帳」にあるように花鳥が牢内で女たちを責め苛んだ様子が描かれており、しかも染之助という女性が出牢後に語ったと書かれている。もちろんこれは間違っているわけだが、染之

助が天保十三年に捕まったことは疑いもない。茂橘椎園の「椎の実筆」[4]には「天保十三年高価華美の物売商家幷隠し売女、女浄るり大夫叱責」の項目に、「両替丁喜兵衛店　源右衛門姉きぬ事　染之助四十」と記されている。「半七捕物帳」では、染之助のことを「年は若いが容貌はあまり好くなかつた」としており、四十歳ではけっして若いとは言えないところを若いことに変えている。

実在の花鳥にしても、芝居・実録小説の花鳥にしても、島破りをして再び捕まるまで江戸で自由にしていた期間があったので、ちょうどそこに当てはまるように「大坂屋花鳥」という捕物話をこしらえたのである。牢内に居合わせた染之助の話を組み合せて、事件を解決する糸口を作りだした。

「菊人形の昔」と「蟹のお角」

「大坂屋花鳥」が出てきたところで、もうひとりの悪婆に言及したい。「菊人形の昔」（昭和10・8）と「蟹のお角」[5]（昭和10・9）に登場する蟹のお角という女性で、両腕と胸に蟹の刺青がある莫連女である。「菊人形の昔」ではスリとして現れ、事件のきっかけを作る。団子坂で異人から紙入れをすりとるが、押さえられたときにはもう持っていなかった。そこで弥次馬が集まり騒ぎとなる。

これによく似た話が、慶応二年八月十九日のこととして『武江年表』に記されている。

英吉利人四人（内男二人女二人）王子村の辺へ遊歴して、谷中の団粉坂を過ぎける時、烏合の貧民紙幟を立て、富家へ至り嚫施を乞ふの為弊衣を着し、あらぬさまして羣行しけるを見て笑ひけるを、濫行不軌の族これを憤り、衆口等しく罵りて礫を打ちしより、次第に人数増して散動し、手々に瓦礫を抛げける。別隊組の士もこれに副ひて護送せられけれど、多勢に辟易して制する事あたはず、馬をはやめて馳けられけれど、追々に人数重なりあひしを、段々に迯げのびて、浅草寺門前より御蔵前を経てより弥混駁し、別隊組の輩は猿屋町の会所御蔵等へ迯げ入りしかど、屋上より尚石瓦を投げること始めに倍して、面部其の外へ疵をかうむり、血に染みて終に川中に踊り入り、東岸（本所辺）より忍び帰られしもありとぞ。又異国の男女は始め車に乗りけるが、此の騒動により生ける心地なく、車を弃て、徒跣にて走り、辛うじて逃げのび、夜に入りて旅館へ帰りけるよし也。

おそらくこの記事を事件に取りいれたのであろう。「菊人形の昔」では発端に登場するだけだが、「蟹のお角」では人殺しの下手人という事件の中心人物として再登場する。蟹のお角については、條野採菊が『蟹のおかく』(6)（明治29・9、弘文館）という題名で小説を書いている。こちらは元からの悪党というわけではなく、御殿女中まで勤めていたおかくが役者買いのあげくに惣次という男に貢ぐため、腿に蟹の刺青を彫ってゆすりたかりをはたらき、しまいには高貴な身分の女性に化けて大金をだましとる片棒をかつぐといった話である。しかしおかくは最後は尼寺にはいって捕まらないままこの小説は終わっていて、話の筋そのものは綺堂の作品とはあまり関係がない。採菊の「蟹のおかく」は女天

図１ 「蟹のお角」につけられた挿絵（小田富弥画） 注（5）

一坊ばりということで「半七捕物帳」のなかでは「女行者」が近いと言えようか。が、ひとまず「半七捕物帳」のお角と採菊の「蟹のおかく」とを比較紹介しておこう。

「半七捕物帳」

「菊人形の昔」文久元年九月二十四日に事件が起こる。

「蟹のお角」文久二年七月のこと。

お角は二十八、九の小粋な女で、腕と胸とに蟹の刺青をしている。

牢内でハシカのため死亡する。

條野採菊『蟹のおかく』

安政四年から話が始まる。

おかくはもともと内藤新宿の引手茶屋の娘。

男のために腿に蟹の刺青をする。

最後は尼寺に入る。

採菊の「蟹のおかく」は尼寺に入ることで終わっており、死ぬところまで描かれていないばかりでなく、捕まってもいない。それを綺堂は捕まったうえ牢内でハシカで死んだことにしている。もともと半七老人がこの話をはじめたところで、

> 安政の大コロリ、文久の大麻疹（はしか）、この二つが江戸末期における流行病の両大関で、実に江戸中の人間を悸（おび）えさせました。（略）五六月頃には江戸に這入つて来ると、さあ大変、四年前の大コロリと負けず劣らずの大流行で、門並（かどなみ）にばた／＼仆れるといふ始末。（略）
>
> 麻疹は六月の末からます／＼激しくなつて、七月の七夕も盂蘭盆もめちや／＼でした。なにしろ日本橋の上を通る葬礼の早桶が毎日二百も続いたといふのですから、お察しください。

図2　條野採菊『蟹のおかく』挿絵（鏑木清方画）　注（6）

という前置きをしているほどなのだ。このハシカの実態について、『武江年表』によれば、文久二年の箇所に、

○夏の半ばより麻疹世に行はれ、七月の半ばに至りては弥蔓延し、良賤男女この病痾に罹らざる家なし。（略）七月より別けて盛にして、命を失ふ者幾千人なりや量るべからず。三昧の寺院、去る午年暴瀉病流行の時に倍して、公験を以て日を約し、荼毘の烟とはなしぬ。故に寺院は葬式を行ふにいとまなく、日本橋上には一日棺の渡る事二百に曁る日もありしとぞ。

という記述があり、半七老人が「日本橋の上を通る葬礼の早桶が毎日二百も続いた」というのは、けっして話を大げさにしているのではなく、いかにハシカによる死者が多かったかが記録されていたのである。

「半七捕物帳」では、お角をこのとき死なせる設定にした。そのためお角がはじめに登場する「菊人形の昔」の事件を文久元年にした。発端となる英吉利人四人が団子坂に来あわせ被害をこうむった事件は慶応二年である。それでは文久のハシカは過ぎ去ってしまっている。そこで団子坂の事件を五年さかのぼらせることによって、獄中のお角をハシカに遭わせたのである。

蟹の刺青をしている淫奔な女性の特徴を、綺堂は採菊の「蟹のおかく」から得たのであろう。條野採菊は『やまと新聞』や『東京日日新聞』にも大きく関わっていて、綺堂は多くを教わっている。採

菊の息子の鏑木清方と芝居を見たことも「晩年の菊五郎」に記されている。採菊の『蟹のおかく』は挿絵を年方と清方がつけていることも考え合わせれば、採菊の小説から題名と悪婆ぶりとを借りたことは疑いもない。

「正雪の絵馬」

「蟹のお角」は麻疹の流行にあわせて事件を設定したが、他の作品でも同じような作り方をした作品が見られる。「正雪の絵馬」（昭和9・12）がそうである。半七老人のもとを訪れるところまで次のようにあわせられている。「これも明治三十年の秋と記憶してゐる。十月はじめの日曜日の朝」と書き起こされ、半七老人は新聞の連載小説「由井正雪」を読んでいる場面である。綺堂が澁柿園に親炙していたことは第三話の「勘平の死」にもあらわれているので、ここでも半七老人に自身を仮託していることがうかがえる。

さて、綺堂の「正雪の絵馬」のほうは、捕物の大詰めで、半七一党は水車小屋の爆発に出くわすが、『武江年表』安政元年の項には次のように記されている。

○六月十一日、明六時（あけむつ）過ぎ、柏木淀橋の水車の家より火を発す。これは年頃此の川端に在りし所の水車を以て、この頃鉄砲の火薬を製しけるが、今朝いかゞしてか一奴隷（しもべ）火を過ち、合薬に移りしかば、立地（たちどころ）に火起り、雷霆よりも恐ろしく、凌兢（すさまじく）響きして其の者は五体微塵となり、其の家は更なり、淀橋町長さ十九間幅六間余焼亡す。此の響にて近辺より角筈村、本郷村、中野村等、人家傾き或ひは潰れ、倉庫も破壊し大木も傾きたり。家屋蕭疎（まばら）の所なれども、怪我人五十余輩ありと聞けり。江戸近辺はいふに及ばず、近国へも響きたりとぞ。

この話も、捕物の場にじっさいにあった爆発を取りこんでいる。半七のほか、亀吉、幸次郎といった手下が、淀橋にある家で下手人たちを捕まえ詮議をしようというところで三回の爆発に遭ってしまう。まさに場所も日時もあわせている。

このように「半七捕物帳」は、じっさいにあった事件に基づいたり、あるいは先行する作品から組み合わせて構成しているのである。

また、その場合も震災前と震災後とでは語り口が変化しており、半七老人が話をはじめる糸口も具体的な芝居であったり、老人とわたしとが生きているその時代の事象になっていくのである。

本章で触れた「大坂屋花鳥」を導きだす吉原の火事は、数日前のこととして語られる。「聞書帳」の一話として書かれた「槍突き」は、のちに同時代の事件が導入部に書きくわえられていくが、[7]「大坂屋花鳥」ほど時間的に身近に感じられるようには語られていない。捕物帳の形式が固まったこともあるが、震災後には語っておかなければならないことを「捕物帳」に託したように思われてならない。

注

（1）水原信子「船虫――賊婦・癖者そして毒婦――」（『近世部会誌 第8号』（平成26・3）による。
（2）『日本伝奇伝説大事典』（昭和61・10、角川書店）による。
（3）喜多村信節「きゝのまに〳〵」、三田村鳶魚編『未刊随筆百種 第六巻』（昭和52・3、中央公論社）による。
（4）茂橘椎園「椎の実筆」、『随筆百花苑 第十一巻』（昭和57・8、中央公論社）による。
（5）「蟹のお角」挿絵は小田富弥。髪型は馬の尻尾で、手に包丁を持っている。格子縞はやや異なるが悪婆の様式で描かれている。
（6）挿絵は條野採菊の「蟹のおかく」につけられた挿絵。絵には清方の名が見える。
（7）「槍突き」は、初出本文、新作社版、春陽堂版それぞれで書き出しの文章が異なっている。第三章の「槍突き」の項で引用したので参照していただきたい。

（追記）もともと醜女を意味する悪女についてはともかく、悪婆と毒婦の違いについて述べておきたい。悪婆は歌舞伎で様式化されており、たんに悪事をはたらく女性ではなく、悪事をはたらくのは惚れた男に尽くすためであり、一途でしかも粋な姿がうかがえる。しかも婀娜な年増でなければならない。『近世風俗志㈡』（岩波文庫）には「洗ひ髪の兵庫結び」の女の絵姿を載せ、「かくのごとき風俗および面貌を俗に婀娜な女と云ふ。あだものと云ふ。また意気な女とす。いきなあねさんと云ふ」と記している。「土手のお六」が悪婆の典型で、綺堂も「土手のお六」（『演芸画報』大正13・3）という一文で紹介している。本章で取りあげた大坂屋花鳥と蟹のお角は悪事をはたらくが、男に尽くすタイプではない。そう考えると悪婆ではなく毒婦である。毒婦は明治期に描かれた毒婦物で確立した（朝倉喬司『毒婦の誕生』平成14・2、洋泉社）。「半七捕物帳」では、悪婆は「石燈籠」の春風小柳である。若い男に惚れ込み、拐（かどわ）かしから殺人まで犯すが、男に累（るい）が及ぶことを恐れるという一面を持つ。

大正六年に発表された「石燈籠」と、昭和九年の「大坂屋花鳥」十年の「蟹のお角」とでは、江戸の様式をふまえた悪婆と明治の毒婦の違いがある。第二章で山田風太郎の「半七捕物帳を捕る」を紹介したところでは触れなかったが、「大坂屋花鳥」と「石燈籠」の事件が「一人二役をトリックとするものである」と述べ、この両者が酷似していると風太郎は指摘している（「半七捕物帳を捕る」）。だが、小柳から花鳥への変化は、「石燈籠」での悪婆の様式を捨てて明治期の毒婦の性格を取り入れたと考えざるをえない。これは二十年近くを隔てた執筆時期の違いからきたものなのか、初期「半七捕物帳」が持っていた様式からの脱却と言えるのか。じつは、出版社に原稿を渡したあと気がついたので、まだまだ論文にまとめるまでにはいたっていない。心覚えとしてここに記す。このことに気づかせてくれた水原信子氏には感謝の意を表したい。

余話——終章にかえて

日曜日に半七老人を訪れるということ

『講談倶楽部』に再連載をはじめた「半七捕物帳」の特色は、半七老人がわたしに明治三十年前後の芝居話をするだけではない。わたしは日曜に老人のもとを訪れるのである。そうは言っても曜日が毎回記されているわけではない。

大正六年の「お文の魂」から大正十五年の「三つの声」までの「半七捕物帳」では、半七老人は捕物話をすぐにはじめるか、あるいは訪れた頃の季節を地の文で触れる程度である。季節が語られる「張子の虎」（大正9・4）の場合は、こうはじめられる。

「陽気も大分ぽか〳〵付いて、そろ〳〵お花見気分になつて来ましたね」と、半七老人は……。

と書き出される。新作社版ではこの前に「四月のはじめに、わたしは赤坂をたづねた。」という一文が入る。

「熊の死骸」は、春陽堂版で、

神信心といふ話の出たときに、半七老人は云つた。
「むかしの岡つ引などといふものは、みんな神まゐりや仏参りをしたものです。

と出だしが書き加えられたが、それでも挨拶にあたる会話ではなく本題から書きおこしている。あるいは「海坊主」（初出題「潮干狩」）では、

『残念、残念。あなたは運がわるい。ゆうべ来ると大変に御馳走があつたんですよ。』と、半七老人は笑つた。
それは四月なかばの麗かに晴れた日であつた。（新作社版）

という書き出しである。

老人の様子が描かれている「雷獣と蛇」は、

八月はじめの朝、わたしが赤坂へたづねてゆくと、半七老人は縁側にうす縁をしいて、新聞を読んでゐた。（新作社版）

といった具合である。いやすでに新作社版の「槍突き」では、半七老人を訪れた時期に近い頃の事件から江戸の捕物話を導きだしてはいた。しかし、概して、

五月のはじめに赤坂をたづねると、半七老人は格子のまへに立つて、稗蒔売（ひえまきうり）の荷をひやかしてゐた。（新作社版「冬の金魚」）

といったように季節をあらわしているところでおさえられている。

これが昭和九年の「正雪の絵馬」になると、前節で紹介したように、読んでいる新聞小説から捕物話に移行していく。捕物帳ではないが、顕著なのは昭和十一年の「半七紹介状」の「明治廿四年の四月、第二日曜日」という書き出しである。この作品で半七の生年没年が紹介され、わたしと出会った日も確定するのできわめて重要なのだが、明治三十年代に出会った設定の初期半七捕物帳では曜日へのこだわりがない。明治二十年代にしたところで日曜日にわたしは半七老人を訪れているのだ。

『増訂明治事物起原』（昭和11・7、春陽堂）の「日曜休日の始」には、「本邦、維新以来、日曜日を休日とすることは、亦洋風の東漸なり」と記され、

明治五年五月より、兵学軍医の二寮、日曜を休暇と定めしは雇外国教師などの便宜に出てしなるべし、六年三月二十日文部省令に、小学教則中日曜日を以て休業の儀記載候處、今般改正一六の日を以て、休暇と相定め候とあり、

と、日曜を休日としたのだが、確定しなかったため官立学校では全部日曜休日制がとられるようになったと記載されている。

九年三月十二日『従前一六日休暇の處、来る四月より、日曜日を以て休暇と定め、土曜日は正午十二時より休暇たるべき旨』を達し、これより日曜日は一般の休日となれり。

明治五年に改暦を経て、休日も「西洋の日曜日」に変化していったのである。わたしが半七老人を訪れるのもこうした時代の流れのなかのことであった。二十歳の新米記者は明治二十四年から三十年代まで半七老人の話を聞きに行く。日曜日が多くなるのは当然である。しかし、大正期に書かれた「半七捕物帳」には曜日は記されていない。先に引用した捕物帳の出だしも新作社版から多くとった。大正期の捕物帳の設定では、半七老人に出会うのは日露戦争が終わりを告げた頃であった。日曜が休日であることが定着したのであろうか。明治二十年代に訪ねることにしてから日曜の記述が書き込ま

れるのは、わたしの職業が日曜休日だと考えられるが、新作社版に収めた初期の「半七捕物帳」の出だしには、わたしをもてなす半七老人の言葉が書き加えられるのである。初期「半七捕物帳」の初出では、捕物についての話や事件そのものの話がすぐに始められるので半七老人とわたしとの会話は少なく、時候の挨拶も後期捕物帳ほどではない。曜日については書かれていないのである。

「春の雪解」と菊五郎(ろくだいめ)

捕物帳の「春の雪解」は「天衣紛上野初花(くもにまがふうへの、はつはな)」の通称「忍逢春雪解」からとったものだが、「忍逢春雪解」について六代目菊五郎は次のような心構えを残している。

……私も親譲りで度々勤めてゐる『直侍』が、入谷の二八蕎麦屋へ来て蕎麦を喰ふの類です。舞台の上ではほんの二三度箸を附けるだけの事ですけれど、あれをうまさうに食べるのが一つの芸で、それに就て幕明きに二人の岡ッ引の蕎麦の食べ方を、わざと嚙むやうに喰はせる誂があつて、さうする事に依つて後の直侍が、スル〳〵と吸込むのが如何にも見物の目にうまさうに見えると云ふ、前々から段取が付けてあるわけで、一寸とした事にもこんな苦労がしてあるのです。

(『六世菊五郎百話』昭和23・7、右文社)

と述べているのだが、さらに、蕎麦をつゆに付けるときも、

事の序に話をして見れば、初めに二筋ほどを箸の先に掛けて、ぐつと上へたぐり上げて、もう一度その箸を下してたぐり足せば、相当の分量が取り上げられる事になつて、一方の手に持つてゐる茶碗の中のつゆへ、その蕎麦先きを一二寸も附ければいゝので、つゆの中へ蕎麦を浸して喰ふなどはいけないのです。（同前）

と語っている。

菊五郎が直侍を演じたのは、第四章で記したとおり大正四年と五年のことで、「半七捕物帳」の「春の雪解」が書かれる二、三年前のことである。捕物帳の「春の雪解」でも「徳寿は顔中を口にして」蕎麦の匂いをかぐのだが、このとき半七はどのような食べ方をしたのだろう。いやじっさいに直侍を演じた六代目はどういう仕草だったのだろう。丈賀を演じた松助も気になるし、このとき綺堂は帝国劇場には足を運んでいなかったのだろうか。

「半七捕物帳」以前のこと

『KAWADE夢ムック　文藝別冊　岡本綺堂』に「お文の魂」の原型である「お住の霊」（『文藝倶

楽部』明治35・4）と「お照の父」の原型である「河童小僧」（『文藝倶楽部』明治35・5）が紹介された。「お住の霊」は、嫁ぎ先で子をなした女性がその子どもども女の幽霊を見、子どものほうが「住が来た」と怯えて泣くという発端ではじまる。「お文の魂」によく似ているが、母親も幽霊を見ておびやかされるところが異なっている。「お住の霊」では、屋敷の隠居の話の口から、五十年前に主人のお手つきになったため、庭で折檻されたあげく自死を遂げた腰元がいたことが語られ、成仏するよう供養を営んだところおさまったという話である。「河童小僧」のほうは、江戸詰めの福島金吾という武士が葵阪にさしかかると傘も持たず下駄もはいていない小僧が前を歩いている。声をかけたが返事もしないため、近寄って尻端折りするよう裾を捲ったとたん、尻の左右に金銀の大きな目があって睨んできた。福島は小僧の襟髪をつかんで流れに投げ込んだところ、怪しくも物凄い笑い声がしたという。

二話とも、捕物話ではなく幽霊譚、怪異譚である。

第三章の「お照の父」の項で、基になった話として「怪談老の杖」と『風俗江戸物語』の「江戸の化物」のふたつを併記したが、「河童小僧」はあきらかに「江戸の化物」の前身である。江戸詰めの延岡藩士であるか幕臣であるかの違いはあるが、福島金吾と福嶋何某ということで姓の音が同じであること、前を歩く小僧が傘もささずにいるので、せめて尻端折りするよう手伝おうとしたところ、尻が光ったというところが一致していることで「河童小僧」を「江戸の化物」の原話と考えてよいだろう。だが、もともと怪異譚としてあったものを紹介したのか、綺堂が創作したのかは詳らかでない。あるいは「怪談老の杖」に基づいたものであろうか。またはそれぞれに原話があって、かたちを変えて伝播したということも考えられる。

東雅夫はこの話を発掘したときのことも含めて次のように記している。


学研M文庫版『伝奇ノ匣2　岡本綺堂　妖術伝奇集』の入稿締切が翌日に迫ったその日の夕刻、私は大学図書館の一室で、迫りくる閉館時間を気にしながら……焦りまくっていた。

（「怪談作家の揺籃　「日本妖怪実譚」をめぐって」『KAWADE夢ムック　文藝別冊　岡本綺堂』）


という状況のもと、「日本妖怪実譚」という複数の記者による共同執筆のコラムを発見する。

「日本妖怪実譚」は、姉妹コラムというべき「西洋妖怪実譚」とともに、博文館発行の文芸誌『文藝倶楽部』の明治三十五年五月号から十二月号まで八回にわたり連載されたものだそうである。

……起ち上げの「妖怪談」に狂生の署名で「お住の霊」を寄せたのを手始めに、五月号に「河童小僧」、六月号に「池袋の怪」、七月号に「木曾の怪物」、八月号に「画工と幽霊」と、毎号に寄稿しているのである。この「お住の霊」と「河童小僧」が「半七捕物帳」のなかの話の原型ということで『KAWADE夢ムック 文藝別冊 岡本綺堂』に収められ、「木曾の怪物（えてもの）」「お住の霊」「河童小僧」「池袋の怪」「画工と幽霊」の五篇が『飛騨の怪談 新編 綺堂怪奇名作選』（東雅夫編、平成20・3、メディアファクトリー）に収録された。

明治三十五年の「日本妖怪実譚」の諸作品と「半七捕物帳」と読みくらべると、幽霊譚怪異譚を捕物話にしたということがわかる。しかし、それ以上に説明する力はない。「お住の霊」から「お文の魂」へ向かう道筋をつける力量が私にはないということである。怨みをこめてあらわれるお菊を心理劇にした「番町皿屋敷」の作者と「青蛙堂鬼談」の作者とが結びつかなかったことがある。もちろんひとりの作家であろうとどんなことでも書けるだろうし、誰でも多面的であり多様であるはずである。しかし、不可思議きわまりない話を合理的に解決させる探偵話をつなぐには、草創期の探偵小説怪奇小説の流れのなかに身を投げ込まなければならない。今後のおおきな課題ではあるが、手探り状態はまだまだ続きそうである。

付　録

〔付録1〕『岡本綺堂全集 第一巻』（**昭和7・3、改造社**）**「はしがき」**

第一章の「綺堂紹介状」で「遺稿　岡本綺堂年譜」、『綺堂年代記』、「過ぎにし物語」から綺堂と父敬之助の紹介をこころみたが、この「はしがき」にも綺堂の思いが滲みでているように感じられる。

〔付録2〕三田村鳶魚「御家人相馬の金さん」（**『事業之日本』昭和2・5**）

第四章の「幕臣の行方」で触れたが、けっして徳川に義理立てしたわけではないのに死んでいった金さんの話は、綺堂を強く触発したものと思われる。すぐに鳶魚に手紙を書き、即刻「相馬の金さん」に仕組んだ。芝居のほうは、左團次、吉右衛門である。

〔付録3〕「半七捕物帳」時代設定一覧

第一章に初出一覧を掲載したが、作品の舞台となる年代を含めて表にまとめた。
また、「半七聞書帳」の八作品までが新作社版の四輯五輯に収録されている。

はしがき

私の全集第一巻を發行するに際して、一言斷つて置きたいことがある。私は自己に藝術の天分ありと信じて、文學者になつたのではない。

私は維新の革命に敗れた佐幕黨の子である。私の一家一門は、いはゆる徳川家三百年來の御恩に報ずる爲と、一種の瘦我慢との爲に、よせば好いことに立騒いで、さん〳〵に敗滅してしまつた。私は明治五年に生まれて、恰も藩閥政府全盛の時代に成人したのである。その時代に於ける士族系統の人間の出世の目標は『官員さん』であつたが、藩閥に何の緣故も無いどころか、藩閥の敵であつた我々子弟は、その方面に出世の望みはなかつた。官員さんにもなれず、さりとて商人にもなれない私達は、殆ど前途の方向に迷はざるを得ないやうな境遇に置かれた。

父は私のために、藩閥と沒交渉の醫師か畫家か僧侶かを擇んだのであるが、どれも私には不向きであつた。結局わたしは十五六歳の頃から文學者となるべく決心して、兎も角もその道を歩むことになつたのである。早く云へば、三界に家なき人間が僅に文藝の領土内にその隠れ家を求めたに過ぎないのであつて、もとより大家にならうとか文豪にならうとか云ふやうな、抱負も野心もあつたわけでは無く、これで無事に一生を送ることが出來れば好いと思つてゐたのである。

その目的はどうにか達せられて、今日までを平凡無事に送ることが出來たのは、私に取つて滿足であると思はなければならない。私は今年六十一歳の春を迎へて、いはゆる還暦に相當するのであるが、その時にあたつて恰もこの全集を發行することは、一種の記念出版として更に私の喜びを加ふるものである。私は十九歳の春、東京日日新聞社に籍を置いたのが自活の始まりで、爾來四十餘年を筆の人として生きて來た。顧れば隨分長い文筆生活である。その間に於けるおびたゞしい作物に、果してどれだけの價値があるか、自分にもわからない。唯、自己の天分をも測らずして、殆ど闇探りに探り當てたやうな自分の仕事が、自然に積んでこれほどの多量に上らうとは我ながら驚くばかりである。

『お前はどうして文學者になつたか。』

これは人々から屢々繰返される質問である。この際、それに對する回答の一節を掲げて、この全集の小序に代へることにした。

昭和七年二月

春寒の病床に於て

岡本綺堂

〔付録2〕三田村鳶魚「御家人相馬の金さん」

御家人相馬の金さん

三田村鳶魚

默阿彌の作の中には

御家人の模樣がいろ〳〵書いてありますが、その中で一番人におぼえられて居りますのは、河内山の芝居に出る直侍のやうです。あれは御家人の風をよく寫したものではありますが、本當の直次郎は御家人ではありません。親が渡り用人と云ひまして、貧乏旗本に勤めて居つた用人でありました。用人と申せば只今なら執事とでも申すやうな役柄でございまして、小さくても貧乏でも旗本でありますと、用人がなければなりません。一體はその家についた譜代の用人がなければならないわけでありますが、幕末の——幕末までもありません。小さい旗本衆などでは、譜代の家來などといふものはありはしませんで、時々に雇ひ入れて用人を勤めさせる。どこの家へでも賴まれますれば、一年、半年、長いのは五年十年居るものもある。次から次へ用人の奉公をして居りますから、渡り用人といふ名も出來たのであります。

旗本の家來でありますれば、武士ですから名字があるわけですが、臨時に雇はれて參ります渡り用人ですと、武家出のものときまつても居りませんから、名字などは無いのであります。けれども勤めて居ります間は、其の家で何の某といふ名がきまつて居りまして、それを名乘ります。まるで下女がお竹とか、お梅とかいふ名がきまつて居つたのと同樣であります。

直次郎なども片岡直次郎

となつて居りますが、あれには名字などは無かつたので、申渡書などにもたゞ直次郎と書いてあります。さうしたわけで、直次郎などは御家人でもないのみならず、士でもない。親にしたところが渡り用人といふので士ではなく、さりとて武家奉公をして居るのでありますから、町人の風でもありません。百姓の風でもありません。職人の風でもありません。一種變なものであつたのですが、直次郎などになると一日も武家奉公をしたのではないのでありますから、さういふ特別な樣子のある人間でもなかつたのであります。

默阿彌はさういふものを御家人の風に書いて見せた。御家人の風に書いたから、直侍といふものが大變に樣子のいゝものになつて眺められますが、そんなものでない本當の御家人——本當の御家人の模樣はどんなものであつたか。御家人と云ひますと幕府の家來で、徳川家の御家の人といふことなので、古いところでは旗本までもひつくるめて、御家人と云つて居る位でおります。徳川氏の家來でも、萬石以上のものは御譜代大名と申しました。それから下、九千九百石以下の徳川の家來、將軍の御目通りの出來ます分限のものが旗本でありまして、これには二種ございます。持高と云つて自分の家についた祿二百石以上、それから當時勤めて居ります役によつて、即ち武鑑の上に二百石高と書いでありまする以上のものが、御目見をする資格があるのであります。

二百石以下が御家人と

いふわけですが御家人と申すのは多く俵取りでありまして、知行のない人達でありました。旗本でも貧乏でありましたが、祿が低いだけに、御家人には貧乏な人が多うございました。身分も低うございますから、自然町人どもに接近することも多く、町方との交渉も多うございまして、人柄もさう立派な人ばかりも居りません。その御家人の中にもいゝのと惡いのとあります山の手の邊では何處の商家でも、御家人といふと厭がつたものです。御直參（幕府直屬の意味大名等の家來とは違ふといふ誇り）だと云つて威張り散らして、錢は持つてゐない。借りたものは拂はない。それですから商家からは大分厭がられたものでありました。

これからお話申します

御家人の話は、そのいゝ方ではありません。惡い方の話です。併し大して惡いことも出來ないその性根から眺めても、芝居で見ます直侍位の程度なのであります。

その人は相馬の金さんと申しました。相馬の金さんといふと、一向士らしくない。尤も士らしい人間でもなかつた。が、その相馬の金さんは、嘉永の武鑑には戸村福松と書いてあります。けれども戸村の福松なぞといふのでは近所界隈でも誰も知りません。相馬の金さんで通つてゐました。この相馬の金さんの家は、昔山の長者ケ丸、只今で申しますと青山南町五丁目の横町で、四十五番地見當のところであります。昔にいたしますと、二本松の丹羽右京太夫の下屋敷の前の丁字路を東の方へ這入つた左側です。さうしてもう長谷寺の方へ近い場所であります。長谷寺の前あたりになりますと、昔は水引を撚る車を出して水引を撚つて居りました長い水引を引張つて、兩方の端に錢車をつけてそれで撚るのでありまして、廣い場所の人通りの少いところで水引を撚るので、水引を撚つて居るやうな場所は、いづれごく寂しい邊鄙なところでありました。只今とは違つて、昔の長者ケ丸は田と畠と、それから武家屋敷とお寺、それだけであつたので、ごく寂しいところでありました。そこのところに住つて居ります相馬の金さんのうちといふものは、場所柄だけに目立たないやうなものではありますが、門といつた處で丸太が二本表に立つて居りまして、

その丸太と丸太へ荒繩を

引張つてあります。これで門をしめたわけになつてゐる。門がこはれても普請をする金はない金さんのうちは門ばかりではなく、疊が奥の方に四疊程しかありませんで、もう玄關から疊がない。來客でもあると、奥の疊を擔ぎ出して來て其處へ敷く。――飛んでもないうちもあつたものです。屋根も漏ります。壁も落ちて居ることは申すまでもありません。

この金さんは幕府の添番といふ役、比較しては恐れ入りますが、今日なら宮内省の役人なのであります。武鑑を見ますと御廣敷御用人、御用達、番の頭とありまして、その次が添番で百俵、その次がお侍衆、七十俵、その次が伊賀者、三十俵、これは大奥についた幕府の役人であります。金さんはこの添番といふ、年百俵を頂戴する役を勤めて居ました。今日にして考へて見ますと、添番といふ役は女中の出入り、又は奥向へ出入する人々の取締を致します。警察官みたいなところのある役目で、皇宮警察なら警部とでもいふべき役筋でありました。が、何にせよ年に百俵、

俵で百俵と申しますと四十石

今日の相場にして、先づ千五六百圓の俸給で、この外にいろ／＼臨時の頂戴物もありますので一個月には百圓以上の收入があるわけであります。今日のことに致して見ましても、樂ではあ

りますまいが、それほど苦しい筈も無いのであります。添番といふものは、總體で八十人以上もあつたさうでありますが、その人達の住居の樣子を見ますと、門は屋根付の白木門、三尺片びらきで、例の德利がついて居ります。續いて仲間部屋、土間一間の戸が二枚立つて居ります添番のうちで仲間の居りますうちはありませんけれども、格式でありますから、仲間部屋がありました。九尺のまひら戸の立つた、式臺のついた玄關、そこは大概三疊か四疊になつて居て槍がかゝつてゐる。それから八疊六疊の座敷が大概四つ位ある。そこで旦那樣、御新造樣といふわけで、下女が一人、御番に出る時は供が蔦箱を背負つて、長い紺看板に綿入の木綿帶、荷持といつて一人連れます。これは組屋敷に共同で雇つてある。それがついて行きます。それで本人は上下で出勤を致します。それと比べて見ると、金さんのうちといふものが、滅法界に荒れて居る。それだけ又貧乏もして居るわけです

金さんは上下を持つて

ゐません。上下を著ずに出かける。途中で同役のものゝ歸つて來ますのをとつゝかまへて、いつでも人の上下を借りに出勤する。その位ひどい貧乏さ加減でありました。どうしてこんなに苦しいのかと云ひますと、よく噺し家などの申す三ドラ煩惱といふので、酒に博奕に女郎買、百俵どころぢやない。その金さんが其筋からの內意によつて、俄に辭職をしまして、勤めを倅に讓つて自分は隱居いたしました。隨分放埒な眞似をして平氣でゐた金さんが、急に隱居したといふのも隨分變なわけでありましたが、金さんは何時でも麻布十番の質屋まで自分で質入に行きます。或日いつもの通り質屋へ遣つて來てもう番頭にも心易うございますから「時に番公今日は少し無心があつて來たんだが、とつときに賴まれて貰ひ度いもんだ」と申します。番頭はうんざりした顏は致しましたが、相手にならないわけにも參りませんから「金さん、又何か御無理でございますか、でもまあ伺ふだけ伺はうぢやございませんか」と返事をしました。本來ならば何といつても武家でありますから、戸村の旦那樣とか、旦那とか云はなければならないのですけれども

質屋の番頭と懇意になる

ほど沽券が下がつてゐるだけに、先方でも幼名の「金さん」を眞向から呼びかけるやうなわけであります。「いや懇意でなければあこんな無心もいはれないが、今日といふ今日は俺ものつぴきならないことが出來たんだ。いつもながら無理ばかり賴んで濟まないが、今日ばかりは眞劍に俺の話を聞いて貰ひたい。外でもないが、俺のうちは相馬小次郞將門の末で、家重代の北辰丸といふ刀がある。これは家督相續をした時、一ぺんづゝ家例で中身を見る。併し我物とは云ひながら、一代に二度とは見ないことにきまつて代々持傳へて來た俺のうちの寶物だ。俺も今まででどんなに困つたことがあつても、身に替へ家に替へて、この刀だけは――お前んとこにや限らない、どこの質屋の暖簾もまだ潛らせたことはなかつたんだが、今いふ通り、今日といふ今日は、もう何とも仕方がない瀨戸際だから持つて來た。わけは今云つた通りだ。どうぞ馴染がひに、中は見ずにこの箱のまゝ質に取つて貰ひたい。なに

たんとの無心ぢやない

十兩用立てゝ貰やあそれでいゝんだから、番州一つうんと吞み込んで貰ひたい」と云つて店先へ坐り込んだ。番頭は「十兩と申せば大金で御ざいます。手前どもも商賣のことでございますから、拜見が出來さへ致しますれば、相當につけも致しますが、御大事な御寶物でもございませうが、拜見も致しませんで御用立致しますことは、いくら御馴染樣で御ざいましても質屋の法に缺けたことでございますから」といふ。そこで「まあさう云はずに、それだから俺が賴む

といふんだ」と金さんは云ひますし、番頭は「どうも拝見を致しませんければ……」といふお互に繰返して幾度も同じことを云つて居ります。はてしがない。そのうちに奥から亭主が出て參りまして、これはとてもたゞぢやお歸りさうもない、と見て取つたのでありませう。「これは〳〵金さんでございますか、お話は今奥でよく伺ひました。これお只今番頭の申します通り

お品を拝見しませんでは

とても金子を御用立るといふわけには參りません。如何でございませう、何とか御相談の致し方はございますまいか」と亭主がいふ腹の底には、面倒だからいくらか金を包んで歸つて貰はう。とても災難で、變に長く坐つてゐられたり店先で騒がれたりしても面白くないから、一分や二分の散財で濟ませば悪魔ッ拂だ、といふやうな心持ちでもあつたのでせう。そんな事は金さんはとつくに知つて居るので、亭主がひとりでに出て來るやうに、いつまでも番頭を相手に遣つてゐたので、初めつから亭主を出す――お前ぢや用が足らないから亭主を出せといふのはきまつた話なんだが、さうしないでいつまでもごてついてゐたのは、金さんの方にもよつぽど芝居があつたのです。

だから亭主が出て來て

挨拶をしても、なか〳〵、その手には乘らない「御亭主、話は聞いてゐたといふのなら、もう繰返すまでもないが、是非要る金で、馴染の無い所へ行つては、話せもせず頼みも出來ない。お前のところを見かけて來たんだから、何が何でも用を足して貰はなければ仕方が無い。品物は見ないといふが、見ないと云つたつて、箱へ入れて、これこの通り此處へ持つて來てあるんだ」と膝の前にある刀箱を指した。

「この蓋をあけて中身を見せりあいゝんだけれども、俺でさへ一代に二度は見ない。まして相馬の血筋でないものがこの刀を見れば蛇になつてしまふといふ云傳へもあるんだから……本當に蛇になるか、ならないか、それは知らない。けれども昔からさう云傳へて居るんだから、これは見せられないのだ。これだけ話したらわかるだらう。どうぞこの箱のまゝ預つて、俺が云つたゞけの金を貸してくれ」

亭主も金さんが動かないのはわかつてゐる。併し質屋として見ずには貸せない。

「金さん、お話ではございますが、刀が蛇になるなんていふお話は恐入りますね。どんなものでございませう。どうしても御入用でございますならば、拝見さしていたゞかなければ何とも仕様がございません」――押問答をしてゐる間に、亭主もはじめ出て來た時とは氣持ちも變つたものと見えまして、金さんの術中に陷るとは夢にも思ひません。

「そんなに仰やるならば、とにかく拝見いたさうぢやございませんか」と箱へ手をかけました腹に一物ある金さんでありますから、少し亭主があせつて箱へ手をかけるのを見て別段止めもいたしません。

金さんの持つて來た刀箱といふのは、けんどん蓋になつて居りました。その蓋を亭主がスーッと三分通りも引いたかと思ひますと、

中からニヨロ〳〵ッ

と眞黒な蛇が出たかと思ふと、忽ち縁の下に這入りました。そいつを尻眼にかけて、金さんは立つかと思ふと、いきなり亭主の横ずつぽを張り飛ばした「だから云はないこつちやない。こんなことになりやあしないかと思ふから、おれだけわけを話したんだ。かうなつちやお金を借りろ、借りねえの話ぢやない。俺のうちの寶物は云傳への通り蛇になつてしまつた。貧乏なして、お前のうちへこの重代の刀を質に置いたところで、刀を無くしたわけぢやあない。間もなく受け出しに來もするんだ。目の前で蛇になつて無くなつてしまつた上は、いつになつて俺

のうちの寶物が再び俺の手に返るんだ。先祖に對しても、まことにどうも相濟まない。かういふ一大事件が出來した以上は、俺のうちの潰れる時だ。これで家名も斷絶するわけだ。お前のうちの店先で、俺あ腹を切つて、御先祖様への申譯をするから、さあ見物するがいゝ」金さんが肌を脱いだ。

これからあとはお約束のゆすり場で、金さんは註文をつけた通り、金を十兩取りました。このことがなかく評判になりまして、其筋の耳へも入り、遂に今日で云へば諭旨免官、息子に相續させて、自分は隱居することになつたのであります。

これが慶應三年の夏頃の

話で、ぼんやりとして勤めにも出ず、近所の取沙汰も、さすがにきまりが惡いので、弱つて居りますと、翌年は江戸市中の大混亂となりましたので、金さんは家を飛び出して上野の彰義隊の中へ入つて行きました。彰義隊といふものは徳川の家來の忠義の心持を、そのまゝに打出したものであるかといふと、勿論まざりつけのない、主家の事情に憤激して立籠つたものもありますが、百人が百人皆さういふ人ではなくて、市井無頼の徒も大分紛れ込んで居りました。その中へ金さんもころがり込んで居りましたが、あんまり忠義に凝り固りさうな男でもないのであります。

上野は脆く敗走を致しまして

一同ちりぐばらぐになりました。そのうち金さんは札幌の榎本の手に合するといふことで和船に乘つて出かけました。どこをどうしてさういふ順序になりましたのか、それはわかりませんが、その船が銚子で覆りまして、乘つて居つたものが二十何人とか皆溺れてしまひました。又は上總の邊で討死をしたとも申します。いづれにも佐幕黨の一人、時勢に憤慨して主家に忠義立をする人間のやうに、後世から思はれる死に方を致して居ります。銚子の方では、佐幕黨の死んだところだと申すので、そこへ記念碑が立つといふやうなことも聞きました。北辰丸のゆすり場を遣つた三ドラ煩惱の金さんが、佐幕家として、現代に祭られるといふことは、大分愛敬のあることのやうに思ひます。これは薩長のろくでなしどもが、勸王家と云つて祭られたのと、いゝ一對をなすものだと存じます。

ついでに直侍は御家人の風格を代表するものだと思はれるのも、金さんの佐幕黨呼ばゝりに比べれば、一向差支無いことだとも思はれます。（完）

○抱擁反射

たとへば蛙の大腦を取り去つてこれを吊るすと兩足を垂れてだらりとなる。この時一足を刺戟すると蛙は秩序正しくその足を上にひきのばして他足は元の儘である。刺戟を與へると平常の動作をするのを反射運動といつてゐる。

そこで交尾期にある雄の蛙をとつて大腦を剔去する。そして指でその胸の邊を摩擦すると、蛙は指を強く抱擁するであらう。ところが同時にその皮膚に酢を塗ると、この抱擁反射は起らなくなる。

蛙までも酢に出遇うと抱擁するのがいやになると見えるから面白い。この抱擁反射は蛙バカりでなく、どんな動物にでも見られる。人は大腦をとらなくても抱擁したがる。

春陽堂版における年代	流布本（光文社文庫）の年代	（備考）
元治元 (1864) 年	元治元 (1864) 年	→『半七捕物帳』（大正6・7、平和出版社）
天保十二 (1841) 年	天保十二 (1841) 年	→『半七捕物帳』
安政五 (1858) 年	安政五 (1858) 年	→『半七捕物帳』
文久三 (1863) 年	文久三 (1863) 年	→『半七捕物帳』
安政元 (1854) 年	安政元 (1854) 年	→『半七捕物帳』
		→『半七捕物帳』
文久二 (1862) 年	文久二 (1862) 年	→『半七捕物帳』
安政六 (1859) 年	安政六 (1859) 年	
慶応元 (1865) 年	慶応元 (1865) 年	
安政三 (1856) 年	安政三 (1856) 年	
文久二 (1862) 年	文久二 (1862) 年	
慶応元 (1865) 年	慶応元 (1865) 年	
文久二 (1862) 年	文久二 (1862) 年	
慶応三 (1867) 年	慶応三 (1867) 年	
弘化四 (1847) 年	弘化四 (1847) 年	
元治元 (1864) 年	元治元 (1864) 年	
文久三 (1863) 年・元治元 (1864) 年	文久三 (1863) 年・元治元 (1864) 年	→『半七聞書帳』（大正10・6、隆文館）
文久元 (1861) 年	文久元 (1861) 年	
文政八 (1825) 年	文政八 (1825) 年	→『半七聞書帳』
安政末年	安政末年	→『半七聞書帳』
慶応二 (1866) 年	慶応二 (1866) 年	
安政五 (1858) 年	安政五 (1858) 年	
文久二 (1862) 年	文久二 (1862) 年	→『半七聞書帳』
安政四 (1857) 年	安政四 (1857) 年	→『半七聞書帳』
寛延元 (1748) 年	寛延元 (1748) 年	→『半七聞書帳』
文政四 (1821) 年	文政四 (1821) 年	→『半七聞書帳』
弘化四 (1847) 年	弘化四 (1847) 年	
弘化二 (1845) 年	弘化二 (1845) 年	→『半七聞書帳』
文久三 (1863) 年	文久三 (1863) 年	→『半七聞書帳』
安政六 (1859) 年	安政六 (1859) 年	
慶応三 (1867) 年	慶応三 (1867) 年	
安政元 (1854) 年	安政元 (1854) 年	

〔付録 3〕「半七捕物帳」時代設定一覧

	初出誌における年代	新作社版における年代
お文の魂	元治元 (1864) 年	元治元 (1864) 年 (第一輯)
石燈籠	安政元 (1854) 年	安政元 (1854) 年 (第一輯)
勘平の死	安政五 (1858) 年	安政五 (1858) 年 (第一輯)
湯屋の二階	文久二 (1862) 年	文久二 (1862) 年 (第一輯)
お化師匠	文久二 (1862) 年	慶応元 (1865) 年 (第一輯)
半鐘の音		(第二輯)
奥女中	文久二 (1862) 年	文久二 (1862) 年 (第二輯)
帯取の池	文久元 (1861) 年	文久元 (1861) 年 (第一輯)
春の雪解	慶応元 (1865) 年	慶応元 (1865) 年 (第一輯)
朝顔屋敷	安政三 (1856) 年	安政三 (1856) 年 (第一輯)
山祝ひ	文久二 (1862) 年	文久二 (1862) 年 (第二輯)
お照の父	慶応元 (1865) 年	慶応元 (1865) 年 (第三輯)
猫婆	文久二 (1862) 年	文久二 (1862) 年 (第一輯)
筆屋の娘	慶応三 (1867) 年	慶応三 (1867) 年 (第一輯)
河獺（初出未見）		文久元 (1861) 年 (第二輯)
踊の浚ひ	嘉永五 (1852) 年	元治元 (1864) 年 (第三輯)
三河萬歳	天保二 (1831) 年	文久三 (1863) 年 ・元治元 (1864) 年 (第五輯)
化銀杏	嘉永五 (1852) 年	文久元 (1861) 年 (第三輯)
槍突き	文政八 (1825) 年	文政八 (1825) 年 (第四輯)
人形使ひ	安政末年	安政末年　(第四輯)
向島の寮	慶応二 (1866) 年	慶応二 (1866) 年 (第三輯)
廣重の絵	安政五 (1858) 年	安政五 (1858) 年 (第二輯)
張子の虎	天保五 (1834) 年	文久二 (1862) 年 (第五輯)
甘酒売	文政元 (1818) 年	文久二 (1862) 年 (第四輯)
小女郎狐	寛延元 (1748) 年	寛延元 (1748) 年 (第五輯)
旅絵師	文政四 (1821) 年	文政四 (1821) 年 (第三輯)
津の國屋	天保七 (1836) 年	万延元 (1860) 年 (第二輯)
熊の死骸	弘化二 (1845) 年	弘化二 (1845) 年 (第五輯)
松茸	文化四 (1807) 年	文久三 (1863) 年 (第五輯)
鷹匠	元治元 (1864) 年	安政六 (1859) 年 (第二輯)
蛙の水出し	慶応初年	慶応三 (1867) 年 (第三輯)
弁天娘	慶応元 (1865) 年	慶応元 (1865) 年 (第二輯)

春陽堂版における年代	流布本（光文社文庫）の年代	（備考）
慶応元 (1865) 年	慶応元 (1865) 年	
文久元 (1861) 年	文久元 (1861) 年	
文久元 (1861) 年	文久元 (1861) 年	
文久元 (1861) 年	文久元 (1861) 年	
安政二 (1855) 年	安政二 (1855) 年	
元治元 (1864) 年	元治元 (1864) 年	
弘化三 (1846) 年	弘化三 (1846) 年	
嘉永五 (1852) 年	嘉永五 (1852) 年	
慶応初年	慶応初年	
万延元 (1860) 年	万延元 (1860) 年	
文久三 (1863) 年	文久三 (1863) 年	
	元治元 (1864) 年	
	文化九 (1812) 年	
	嘉永六 (1853) 年	
	安政二 (1855) 年	
	安政四 (1857) 年	
	天保十二 (1841) 年	
	安政元 (1854) 年	
	嘉永四 (1851) 年	
	安政六 (1859) 年	
	文久元 (1861) 年	
	嘉永四 (1851) 年	
	安政五 (1858) 年	
	文久二 (1862) 年	
	安政元 (1854) 年	
	文久元 (1861) 年	
	文久二 (1862) 年	
	嘉永四 (1851) 年	
	嘉永六 (1853) 年	
	慶応元 (1865) 年	
	安政二 (1855) 年	
	安政元 (1854) 年	
	文化九 (1812) 年	
	安政六 (1859) 年	

	初出誌における年代	新作社版における年代
雷獣	慶応元 (1865) 年	慶応元 (1865) 年 (第三輯)
鬼娘	文久元 (1861) 年	文久元 (1861) 年 (第三輯)
異人の首	文久元 (1861) 年	文久元 (1861) 年 (第四輯)
捕物奇談　女行者	文久元 (1861) 年	文久元 (1861) 年 (第四輯)
潮干狩	文久二 (1862) 年	文久二 (1862) 年 (第四輯)
仮面	元治元 (1864) 年	元治元 (1864) 年 (第四輯)
冬の金魚	文久元 (1861) 年	文久元 (1861) 年 (第四輯)
一つ目小僧	慶応元 (1865) 年	慶応元 (1865) 年 (第五輯)
柳原堤	慶応初年	慶応初年 (第五輯)
蝶合戦	万延元 (1860) 年	万延元 (1860) 年 (第五輯)
むらさき鯉	文久三 (1863) 年	
三つの声	元治元 (1864) 年	
＊白蝶怪	文化九 (1812) 年	
十五夜御用心	嘉永六 (1853) 年	
金の蠟燭	安政二 (1855) 年	
ズウフラ怪談	安政四 (1857) 年	
大坂屋花鳥	天保十二 (1841) 年	
正雪の絵馬	安政元 (1854) 年	
大森の鶏	嘉永四 (1851) 年	
妖狐伝	安政六 (1859) 年	
新カチカチ山	文久元 (1861) 年	
唐人飴	嘉永四 (1851) 年	
かむろ蛇	安政五 (1858) 年	
河豚太鼓	文久二 (1862) 年	
幽霊の観世物	安政元 (1854) 年	
菊人形	文久元 (1861) 年	
蟹のお角	文久二 (1862) 年	
青山の仇討	嘉永四 (1851) 年	
吉良の脇指	嘉永六 (1853) 年	
歩兵の髪切り	慶応元 (1865) 年	
川越次郎兵衛	安政二 (1855) 年	
廻り燈籠	安政元 (1854) 年	
夜叉神堂	文化九 (1812) 年	
地蔵は踊る	安政六 (1859) 年	

春陽堂版における年代	流布本(光文社文庫)の年代	(備考)
	文久三 (1863) 年	
	嘉永二 (1849) 年	
文久二 (1862) 年	文久二 (1862) 年	
嘉永三 (1850) 年	嘉永三 (1850) 年	
文久三 (1863) 年	文久三 (1863) 年	
嘉永二 (1849) 年	嘉永二 (1849) 年	

	初出誌における年代	新作社版における年代
薄雲の碁盤	文久三 (1863) 年	
二人女房	嘉永二 (1849) 年	
初出不明		
雪達磨		文久二 (1862) 年（第二輯）
半七先生		元治元 (1864) 年（第三輯）
雷獣と蛇（「蛇」の部分）		文久三 (1863) 年（第三輯）
狐と僧		文久二 (1862) 年（第三輯）

あとがき

　京都文化博物館で鳥羽伏見の戦についての展示があり、幕府軍と薩長軍側の砲弾を見ることができた。幕府軍のは丸いだけの砲丸だが、薩長軍のはドングリ型に先端が尖っていて、しかもその先端からうしろまで空洞にし、内側には螺旋状の溝を彫って回転するようにしてあった。格段の飛距離の違いが出る。幕府にはフランスがつき、薩長にはアメリカがついていた。アメリカの兵器のほうが進んでいたといえるが、南北戦争が終結し兵器が剰ってしまっていたのである。それを日本に持ってきて戦わせた。武器を他国に売りつけることで戦争は引き起こされる。規模の大小に関係なく。戊辰戦争を明治維新と呼び換えることで、そのことを隠蔽し気づこうともしない。

　二〇一八年は戊辰戦争から一五〇年目であった。「半七捕物帳」第一話「お文の魂」が発表された大正六年は五十年目であった。このところ百年目の「半七捕物帳」を読み続けている。

「半七捕物帳」についてはじめて文章にしたのは、亡き花田俊典に誘われて入った雑誌の『敍説』である。平成六年のことなので四半世紀も前のことになる。それと『昭和文学研究』に載せた論文は、昭和文学会第一回研究集会で報告した内容を分載したものであった。このときの発表者はもうひとり、これも亡き古俣裕介で浅原六朗についてであった。大会ではとりあげない作家や作品を対象にして、時間も十分にとって報告議論をしようということで研究集会が企画された。新興芸術派も大衆文学も変わり種だと見られていた頃であった。そういう視線を受けながらも、離れることもなく書きつづけてきた。本書にまとめるにあたって好き勝手書いてきたことに今さらながら気がついた。そのため論文の題名と同じ章題もあるが、大幅に書き改めている。しかしながら重複を避けられない箇所もある。ご寛恕いただければ幸いである。以下に既出の拙稿を挙げる。

御用！『半七捕物帳』（『叙説』第10号、平成6・7）
『半七捕物帳』覚え書（『昭和文学研究』第30集、平成7・2）
『半七捕物帳』の構成（『日本近代書誌学協会会報』第6号、平成11・11）
『半七捕物帳』の形成―「松茸」ノート―（『花園大学文学部研究紀要』第32号、平成12・3）
音菊半七捕物帳―江戸の残党―（『日本文学』平成17・10）
江戸残党後日俤―『半七捕物帳』の世界―（『國語と國文學』平成19・12）
「女行者」論―『半七捕物帳』の世界―（『花園大学文学部研究紀要』第49号、平成29・3）

旧稿を見てみると、捕物話に多々初出不明と注記している。「女行者」を載せた『面白倶楽部』も見つからない有様であった。日本近代書誌学協会で発表したときは新作社版も入手できていなかった。「音菊半七捕物帳」と「江戸残党後日俤」を書いたところで「半七捕物帳」がいかに哀切な物語かと思いこむと同時に、こうした題名に凝るといういわば玩物喪志状態に陥った。しかしこのふたつの論文名は気に入っているのである。面白がってくれたのは浜田雄介さんであった。整理整頓が苦手で、わずかしか発表していない自分の論文が見つからず、酒井敏さんに問い合わせたところ、ご親切にもコピーを送ってくださった。「半七捕物帳」のなかの初出不明の作品については千葉俊二さんからご教示いただいた。

かくも拙い研究ではあるが、日本近代文学館をはじめとする多くの機関にはご迷惑をおかけしたし、古書店にはたいへんお世話になった。『旬刊写真報知』が入手できたのは書肆風狂のおかげである。龍生書林からは新作社版に異装本があることを教えていただき、手に入れることができた。ミステリならここことまで言われた芳林文庫が廃業されたときは暗澹たる思いに襲われた。このほかにも本文を確認しないことには進めなかったのを後押ししてくれた方々がいることは特記しておきたい。

いつもながら、先の見えないのろい歩みにもかかわらず、あたたかく見守ってくださった高田衛先生には感謝の言葉を申しあげなければならない。また本書をまとめようとしながら、いつまでも仕上がらずお目にかけることができなかった平岡敏夫先生にはお詫び申しあげるほかない。刊行に際しては鼎書房の加曽利達孝さんと編集担当の小川淳さんにお世話になった。小川さんには、書名について、学術書にするならそれらしく『「半七捕物帳」の世界―江戸の残党―』にしようかと悩んでいたところ、『敍説』に載せた「御用！『半七捕物帳』」がインパクトがあるんじゃないかという助言をいただき、この書名でお願いすることにした。いわば名付け親である。あらためてお礼を申したい。

さて、遅筆であることを述べたが、本書は私にとって二冊目の単著である。一冊目は昭和六十年の刊行であった。三十数年で一冊という、見ようによってはまことにコンスタントな執筆ぶりである。このペースを崩さずにいくと次作は百歳記念となるであろう。

二〇一九年三月

浅子　逸男

浅子　逸男（あさご・いつお）

一九五一年、東京都に生まれる。

一九七九年、東京都立大学大学院修士課程修了。都立高校教諭、花園大学専任講師、助教授、教授を経て、二〇一六年より花園大学特任教授。

著書　『坂口安吾私論—虚空に舞う花—』（一九八五年五月、有精堂出版）
『大衆と『キング』』（編著、二〇一一年九月、ゆまに書房）
『半七捕物帳　初出版集成』全六巻（編著、二〇一七〜二〇一八年、三人社）

御用！「半七捕物帳」

二〇一九年五月二十四日　発行

著　者——浅子逸男
発行者——加曽利達孝
発行所——図書出版　鼎書房
〒132-0031　東京都江戸川区松島二-十七-二
電話・FAX　〇三-三六五四-一〇六四
URL http://www.kanae-shobo.com
印刷所——シバサキロジー・TOP印刷
製本所——エイワ

ISBN978-4-907282-55-4 C0095